Der vergriffene Science-fiction-Autor Kilgore Trout 1975 in Cohoes, New York, nachdem er vom Tod seines von ihm entfremdeten Sohnes Leon in einer schwedischen Werft erfahren und Cyclone Bill, seinen Wellensittich, freigelassen hatte und im Begriff stand, Landstreicher zu werden.

Kurt Vonnegut

ZEITBEBEN

Roman

Aus dem Amerikanischen
von Harry Rowohlt

Carl Hanser Verlag

Die Originalausgabe erschien erstmals 1997 unter dem Titel
Timequake bei G. P. Putnam's Sons in New York.

2 3 4 5   02 01 00 99 98

ISBN 3-446-19508-4
© Kurt Vonnegut 1997
Alle Rechte der deutschen Ausgabe:
© Carl Hanser Verlag München Wien 1998
Satz und Lithos: Jung Satzcentrum, Lahnau
Druck und Bindung: Clausen & Bosse, Leck
Printed in Germany

*Im Gedenken an Seymour Lawrence,
einen romantischen und großen Verleger
seltsamer Geschichten, erzählt mit Tinte
auf gebleichtem und geglättetem Zellstoff*

Alle Personen, lebende und tote, sind reiner Zufall.

PROLOG

1952 erschien in *Life* die lange Kurzgeschichte namens *Der alte Mann und das Meer* von Ernest Hemingway. Es ging darin um einen kubanischen Fischer, der vierundachtzig Tage lang nichts gefangen hatte. Dann bekam der Kubaner einen riesigen Marlin an den Haken. Er tötete ihn und band ihn längsseits an seinem kleinen Boot fest. Bevor er ihn jedoch an Land bringen konnte, bissen Haie alles Fleisch vom Kadaver ab.

Ich wohnte in Barnstable Village auf Cape Cod, als die Geschichte erschien. Ich fragte einen Berufsfischer in der Nachbarschaft, was er von ihr hielt. Er sagte, der Held sei ein Idiot. Er hätte die besten Fleischstücke abhacken und unten im Boot verstauen und den übrigen Kadaver den Haien überlassen sollen.

Es könnte sein, daß die Haie, die Hemingway vorschwebten, Kritiker waren, die seinen ersten Roman in zehn Jahren, *Über den Fluß und in die Wälder*, zwei Jahre vorher erschienen, nicht sehr gemocht hatten. Gesagt hat er das, soweit ich weiß, nie. Aber der Marlin könnte dieser Roman gewesen sein.

Und dann war ich plötzlich im Winter 1996 selbst Schöpfer eines Romans, der nicht funktionierte, der keine Pointe hatte, der sowieso gar nicht erst hatte geschrieben werden wollen. *Merde!* Ich hatte fast ein Jahrzehnt mit diesem undankbaren Fisch zugebracht, wenn Sie so wollen. Er eignete sich nicht einmal als Köder für Haie.

Ich war gerade dreiundsiebzig geworden. Meine Mutter hatte es auf zweiundfünfzig gebracht, mein Vater auf zweiundsiebzig. Hemingway brachte es fast auf zweiundsechzig. Ich hatte zu lange gelebt! Was sollte ich tun?

Antwort: Den Fisch filetieren. Den Rest wegschmeißen.

Dies tat ich im Sommer und Herbst des Jahres 1996. Gestern, am 11. November jenes Jahres, wurde ich vierundsiebzig. Vierundsiebzig!

Johannes Brahms hörte mit dem Komponieren von Symphonien auf, als er fünfundfünfzig war. Genug! Mein Vater hatte von der Architektur die Nase gestrichen voll, als er fünfundfünfzig war. Genug! Der männliche amerikanische Romancier hat bis dahin sein Bestes getan. Genug! Fünfundfünfzig ist für mich schon lange her. Habt Mitleid!

Mein dicker großer Fisch, der so gewaltig stank, hatte den Titel *Zeitbeben*. Denken wir an ihn als *Zeitbeben Eins*. Und denken wir an dies hier, einen Eintopf aus seinen besten Stücken, zusammengerührt mit Gedanken und Erfahrungen der, grob gerechnet, letzten sieben Monate, als *Zeitbeben Zwei*.

Hokay?

Zeitbeben Eins ging davon aus, daß ein Zeitbeben, eine plötzliche Panne im Raum-Zeit-Kontinuum, jeden und alles dazu zwang, genau das, was in einem bereits vergangenen Jahrzehnt bereits getan worden war, im Guten wie im Bösen, ein zweites Mal zu tun. Man durfte sich nicht beklagen, nicht sagen, das Leben sei eine alte Kamelle, man durfte nicht fragen: Ja, spinn' ich denn? Man durfte nicht fragen: Ja, spinnen denn jetzt *alle*?

Man durfte während der Wiederholung absolut gar nichts sagen, wenn man es nicht in dem betreffenden Jahrzehnt schon einmal gesagt hatte. Man durfte nicht einmal das eigene Leben oder das eines geliebten Menschen retten, wenn man das beim erstenmal versäumt hatte.

Mein Zeitbeben bewirkte, daß jeder und alles in einem Augenblick vom 13. Februar 2001 auf den 17. Februar 1991 zurückgezappt wurde. Dann mußten wir alle auf die mühselige Tour zurück ins Jahr 2001, Minute für Minute, Stunde für Stunde, Jahr um Jahr, wieder auf das falsche Pferd setzen, wieder den falschen Menschen heiraten, uns wieder einen Tripper holen. Einmal mit allem!

Erst wenn man wieder dahin kam, wo das Zeitbeben zugeschlagen hatte, hörte man auf, Roboter der eigenen Vergangenheit zu sein. Wie der alte Science-fiction-Autor Kilgore Trout sagte: »Erst als der freie Wille wieder voll reinhaute, brauchten sie das Hindernisrennen nicht mehr zu laufen, das sie selbst angelegt hatten.«

Trout existiert gar nicht wirklich. Er war in mehreren meiner anderen Romane mein Alter ego. Aber das meiste, was ich aus *Zeitbeben Eins* übernehmen werde, hat mit seinen Abenteuern und Meinungen zu tun. Ich habe ein paar von den Tausenden von Geschichten, die er zwischen 1931, als er vierzehn war, und 2001, als er im Alter von vierundachtzig Jahren starb, geschrieben hat, herübergerettet. Nach einem Leben, das er zu einem großen Teil als Landstreicher verbracht hatte, starb er luxuriös in der Ernest-Hemingway-Suite des Xanadu, eines Schriftstellerheims im Sommerferienort Point Zion, Rhode Island. Das ist doch schön zu wissen.

Seine allererste Geschichte, erzählte er mir, als er starb, spielte auf Camelot, am Hofe von König Artus in England: Der Zauberer Merlin spricht einen Zauberspruch, der es ihm ermöglicht, die Ritter der Tafelrunde mit Thompson-Maschinenpistolen und Magazinen voller .45er Dumdum-Geschosse auszurüsten.

Sir Galahad, der das reinste Herz und den reinsten Sinn hat, macht sich mit dieser neuen tugenderzwingenden Vorrichtung vertraut. Dabei pumpt er eine blaue Bohne in den Heiligen Gral und macht einen Schweizer Käse aus Königin Ginevra.

Folgendes sagte Trout, als ihm klar wurde, daß die zehnjährige Wiederholung vorüber war, daß er und alle plötzlich verpflichtet waren, was Neues zu machen, wieder kreativ zu sein: »Mannomann! Ich bin viel zu alt und erfahren, um wieder mit dem freien Willen russisches Roulette zu spielen.«

Ja, und ich war ebenfalls eine Figur in *Zeitbeben Eins*. Ich spielte mich selbst in einer Nebenrolle bei einem Picknick am Strand des Schriftstellerheims Xanadu, im Sommer 2001, sechs Monate nach Ende der Wiederholung, sechs Monate nachdem der freie Wille wieder voll reingehauen hatte.

Ich war da zusammen mit mehreren fiktiven Personen aus dem Buch, einschließlich Kilgore Trout. Ich hatte das Privileg, mit anzuhören, wie der alte, längst vergriffene Sciencefiction-Autor Kilgore Trout erst beschrieb und dann demonstrierte, wie der spezielle Platz für Erdlinge im kosmischen Plan der Dinge beschaffen war.

Nun ist mein letztes Buch fertig, nur dieses Vorwort noch nicht ganz. Heute ist der 12. November 1996, etwa neun Monate, würde ich sagen, vor seinem Ersterscheinungsdatum, vor seinem Auftauchen aus dem Geburtskanal einer Rotationsmaschine. Es hat keine Eile. Bis ein indisches Elefantenbaby zur Welt kommt, dauert es mehr als zweimal so lange.

Bei einem Opossumbaby, Freunde und Nachbarn, dauert es zwölf Tage.

Ich habe in diesem Buch so getan, als lebte ich bei dem Strandpicknick im Jahre 2001 immer noch. In Kapitel 46 stelle ich mir vor, ich wäre im Jahre 2010 immer noch am Leben. Manchmal sage ich, ich bin im Jahre 1996, wo ich tatsächlich bin, und manchmal sage ich, ich bin mitten in einer Wiederholung nach einem Zeitbeben, ohne die beiden Befindlichkeiten deutlich zu unterscheiden.

Ich spinn doch wohl.

ZEITBEBEN

1

Nennen Sie mich Junior. Meine sechs erwachsenen Kinder tun das auch. Drei sind adoptierte Neffen, drei sind von mir. Hinter meinem Rücken nennen sie mich Junior. Sie glauben, ich weiß das nicht.

Wenn ich Reden halte, sage ich, eine Mission des Künstlers bestehe darin, die Menschen dazu zu bringen, daß sie es zu würdigen wissen, wenigstens ein kleines bißchen am Leben zu sein. Dann werde ich gefragt, ob ich von irgendwelchen Künstlern wisse, die das geschafft hätten. Ich erwidere: »Die Beatles.«

Mir kommt es so vor, als fänden die höchstentwickelten Erdlingsgeschöpfe es peinlich oder noch Schlimmeres, daß sie am Leben sind. Fälle äußersten Unbehagens, wie gekreuzigte Idealisten, können wir dabei unberücksichtigt lassen. Zwei wichtige Frauen in meinem Leben, meine Mutter und meine einzige Schwester Alice, oder Allie, nunmehr im Himmel, haßten das Leben und sagten das auch. Allie schrie gern heftig: »Ich geb's auf! Ich geb's auf!«

Der komischste Amerikaner seiner Zeit, Mark Twain, fand das Leben für sich und alle anderen so stressig, als er schon über siebzig war, daß er schrieb wie folgt: »Seitdem ich ein erwachsener Mann bin, habe ich mir keinen einzigen meiner erlösten Freunde ins Leben zurückgewünscht.« Das steht in einem Essay über den plötzlichen Tod seiner Tochter Jean, die wenige Tage zuvor gestorben war. Zu denen, die er nicht wiederauferstanden sehen wollte, gehörten Jean, eine weitere Tochter, Susy, seine geliebte Frau, und sein bester Freund Henry Rogers.

Twain hat den Ersten Weltkrieg nicht mehr erlebt, aber trotzdem empfand er das so.

In der Bergpredigt hat Jesus gesagt, wie gräßlich das Leben ist: »Selig sind, die da Leid tragen« und »Selig sind die Sanftmütigen« und »Selig sind, die da hungert und dürstet nach der Gerechtigkeit«.

Henry David Thoreau sagte bekanntlich: »Die Masse der Menschen führt ein Leben stiller Verzweiflung.«

Es ist also kein bißchen mysteriös, wenn wir das Wasser und die Luft und die Ackerkrume vergiften und immer listigere Geräte zur Vorbereitung des Jüngsten Gerichts ersinnen, industriell wie militärisch. Seien wir zur Abwechslung mal ganz ehrlich. Für praktisch jeden kann das Ende der Welt gar nicht bald genug kommen.

Mein Vater, Kurt senior, ein Architekt aus Indianapolis, der Krebs hatte und dessen Frau etwa fünfzehn Jahre zuvor Selbstmord begangen hatte, wurde verhaftet, weil er in seinem Heimatort eine rote Ampel überfahren hatte. Es stellte sich heraus, daß er seit zwanzig Jahren ohne Führerschein gefahren war!

Wissen Sie, was er zu dem Schutzmann sagte, der ihn verhaftet hatte? »Dann erschießen Sie mich doch«, hat er gesagt.

Der afroamerikanische Jazzpianist Fats Waller hatte einen Satz drauf, den er herausschrie, wenn sein Spiel absolut brillant und ausgelassen war. Er lautete: »Kann mich mal jemand erschießen, solang's mir noch so gutgeht?«

Daß es Geräte wie Schußwaffen gibt, so leicht zu bedienen wie ein Feuerzeug und so billig wie ein Toaster, fähig, wenn jemand dazu aufgelegt ist, meinen Vater oder Fats oder Abraham Lincoln oder John Lennon oder Martin Luther King jr. oder eine Frau mit Kinderwagen umzubringen, sollte für jedermann Beweis genug sein, daß, um den alten Science-fiction-Autor Kilgore Trout zu zitieren, »am Leben zu sein eine Schatztruhe voller Scheiße« ist.

2

Stellen Sie sich dies vor: Eine große amerikanische Universität verzichtet im Namen der Vernunft auf Football. Sie wandelt ihr leerstehendes Stadion in eine Bombenfabrik um. Soviel zum Thema Vernunft. Hat was von Kilgore Trout.

Ich spreche von meiner Alma mater, der Universität von Chicago. Im Dezember 1942, lange vor meinem Eintreffen, wurde die erste Uran-Kettenreaktion auf Erden von Naturwissenschaftlern unter den Tribünen der Stagg-Kampfbahn erzwungen. Sie wollten demonstrieren, daß eine Atombombe machbar war. Wir befanden uns im Krieg mit Deutschland und Japan.

Dreiundfünfzig Jahre später, am 6. August 1995, fand in der Kapelle meiner Universität ein Treffen anläßlich des fünfzigsten Jahrestages der Zündung der ersten Atombombe über der Stadt Hiroshima, Japan, statt. Ich war zugegen.

Einer der Sprecher war der Physiker Leon Seren. Er hatte vor langer Zeit an dem erfolgreichen Experiment unter der leblosen Sportanlage teilgenommen. Das muß man sich mal vorstellen: Er hat sich dafür *entschuldigt*!

Jemand hätte ihm sagen sollen, daß man als Physiker auf einem Planeten, dessen schlaueste Tiere so kreuzungern am Leben sind, nie sagen muß: *I'm sorry.*

Nun stellen Sie sich dies vor: Ein Mann baut eine Wasserstoffbombe für eine paranoide Sowjetunion, stellt sicher, daß sie funktioniert, und bekommt dann einen Friedensnobelpreis! Diese Figur aus dem richtigen Leben, die es wert wäre, in einer Geschichte von Kilgore Trout vorgekommen zu sein, war der verstorbene Physiker Andrej Sacharow.

Er wurde 1975 dafür nobilitiert, daß er einen Nuklearwaffenversuchsstopp forderte. *Seine* hatte er natürlich längst getestet. Seine Frau war Kinderärztin! Was ist das für ein Mensch, der eine Wasserstoffbombe perfektioniert und dabei mit jemandem verheiratet ist, der sich auf Kinderpflege spezialisiert hat? Was ist das für eine Ärztin, die sich mit jemandem zusammentut, der Atome spaltet?

»Heute bei der Arbeit was Interessantes passiert, Schätzchen?«

»Ja. Meine Bombe wird ein echter Knaller. Und wie geht's der Kleinen mit den Windpocken?«

Andrej Sacharow war 1975 eine Art Heiliger, von einer Sorte, die heute nicht mehr gefeiert wird, jetzt, da der kalte Krieg vorüber ist. Er war *Dissident* in der Sowjetunion. Er forderte ein Ende der Entwicklung und Erprobung von Nuklearwaffen und außerdem mehr Freiheiten für sein Volk. Er wurde von der Akademie der Wissenschaften der UdSSR rausgeschmissen. Er wurde aus Moskau verbannt, in ein Kaff mit Bedarfshaltestelle im Dauerfrost.

Er durfte nicht nach Oslo, um seinen Friedenspreis entgegenzunehmen. Seine Frau, Dr. med. päd. Jelena Bonner, fuhr für ihn hin und nahm ihn für ihn entgegen. Aber ist es nicht an der Zeit für uns, zu fragen, ob sie oder sonst ein Kinderarzt oder Heiler einen Friedenspreis nicht viel eher verdient hätte als jemand, der an der Herstellung einer Wasserstoffbombe beteiligt war, egal, für welche Regierung und wo?

Menschenrechte? Was könnte indifferenter gegenüber den Rechten jeder Form von Leben sein als eine H-Bombe?

Im Juni 1987 wurde Sacharow vom Staten Island College in New York City ein Ehrendoktorat zuerkannt. Wieder verbot ihm seine Regierung, es persönlich entgegenzunehmen. Deshalb wurde ich gebeten, das für ihn zu tun.

Ich sollte bloß eine Botschaft ausrichten, die er geschickt hatte. Dies war sie: »Verzichtet bloß nicht auf die Kernenergie.« Ich sprach sie wie ein Roboter.

Ich war ja so höflich! Aber dies geschah ein Jahr nach dem bisher tödlichsten Nukleardebakel auf diesem verrückten Planeten, in Tschernobyl, Ukraine. Noch auf Jahre hinaus werden Kinder in ganz Nordeuropa durch diesen Austritt von Strahlung kränkeln, siechen oder Schlimmeres. Jede Menge Arbeit für Kinderärzte!

Ermutigender als Sacharows bescheuerte Mahnung fand ich das Verhalten von Feuerwehrleuten in Schenectady, New York, nach Tschernobyl. Die Feuerwehrleute schickten ihren Feuerwehrbrüdern da drüben einen Brief, in welchem sie sie zu ihrem Mut und ihrer Selbstlosigkeit beglückwünschten, die sie an den Tag gelegt hätten, als sie versuchten, Leben und Gut zu retten.

Ein Hoch auf die Feuerwehr!

Mögen manche Feuerwehrleute auch im täglichen Leben der Abschaum der Erde sein, in Notfällen können sie alle zu Heiligen werden.

Ein Hoch auf die Feuerwehr.

3

In *Zeitbeben Eins* schrieb Kilgore Trout eine Geschichte über eine Atombombe. Wegen des Zeitbebens mußte er sie zweimal schreiben. Erinnern wir uns: Während der zehnjährigen Wiederholung, die auf das Zeitbeben folgte, mußten er und ich *und Sie* und alle anderen alles, was wir vom 17. Februar 1991 bis zum 13. Februar 2001 getan hatten, ein zweites Mal tun.

Trout hatte nichts dagegen, die Geschichte noch mal zu schreiben. Ob das eine Wiederholung war oder nicht, er konnte sich jederzeit darüber auslassen, daß am Leben zu sein eine Schatztruhe voller Scheiße sei, solang er nur, vornübergebeugt, mit Kugelschreiber auf einen Schreibblock mit liniiertem gelbem Papier kritzeln durfte.

Er nannte die Geschichte »Nichts zu lachen«. Er schmiß sie weg, bevor irgend jemand sie sehen konnte, und dann mußte er sie während der Wiederholung noch mal wegschmeißen. Bei dem Picknick am Schluß von *Zeitbeben Eins*, im Sommer des Jahres 2001, nachdem der freie Wille wieder voll reingehauen hatte, sagte Trout folgendes über all die Geschichten, die er zerrissen und die Toilette hinuntergespült oder auf zugemüllte unbebaute Grundstücke geworfen oder sonstwas hatte: »Wie gewonnen, so zerronnen.«

»Nichts zu lachen« verdankte seinen (oder ihren) Titel dem Ausspruch eines Richters in der Geschichte, der während einer streng geheimen Kriegsgerichtsverhandlung gegen die Besatzung des amerikanischen Bombers *Joy's Pride* auf der Pazifik-Insel Banalulu einen Monat nach Ende des Zweiten Weltkriegs fiel.

Die *Joy's Pride* als solche war ohne jeden Kratzer und stand in einem Hangar dort auf Banalulu. Sie war zu Ehren der Mutter des Piloten, Joy Peterson, so genannt worden, einer Schwester auf der Entbindungsstation eines Krankenhauses in Corpus Christi, Texas. *Pride* hat eine doppelte Bedeutung. Es bedeutet Stolz, Selbstachtung. Und im Englischen bedeutet es auch Rudel, wenn es sich bei dem Rudel um Löwen handelt.

Also folgendes: Nachdem man eine Atombombe über Hiroshima abgeworfen hatte und nachdem man eine weitere über Nagasaki abgeworfen hatte, bekam *Joy's Pride* den Befehl, noch eine über Yokohama abzuwerfen, auf ein paar Millionen »kleine gelbe Bastarde«, wie sie damals genannt wurden. Es war Krieg. Trout beschrieb die dritte Atombombe so: »Ein lila Scheißding, so groß wie der Boiler im Keller einer mittleren Mittelschule.«

Sie war zu groß, um in den Bombenschacht zu passen. Sie wurde unter dem Bauch des Flugzeugs befestigt und hatte einen Fußbreit Bodenfreiheit, als die *Joy's Pride* abhob, um sich in die wilden blauen Lüfte zu schwingen.

Während das Flugzeug sich seinem Ziel näherte, sann der Pilot laut über die Bordverständigungsanlage darüber nach, daß seine Mutter, die Schwester auf der Entbindungsstation, daheim eine Berühmtheit werden würde, nachdem sie getan hatten, was sie zu tun hatten. Der Bomber *Enola Gay* und die Frau, zu deren Ehren er so benannt worden war, waren so berühmt geworden wie Filmstars, nachdem er seine Ladung über Hiroshima abgeworfen hatte. Yokohama hatte zweimal so viele Einwohner wie Hiroshima und Nagasaki zusammen.

Je länger der Pilot jedoch darüber nachdachte, desto sicherer war er, daß seine liebe verwitwete Mutter nie zu Reportern würde sagen können, wie froh sie darüber war, daß ihr Sohn eine weltrekordreife Anzahl von Zivilisten umgebracht hatte, und noch dazu alle gleichzeitig.

Trouts Geschichte erinnert mich an damals, als meine verstorbene Großtante Emma Vonnegut sagte, sie hasse die Chinesen. Ihr verstorbener Schwiegersohn Kerfuit Stewart, dem die Buchhandlung Stewart in Louisville, Kentucky, gehörte, wies sie zurecht: Es sei *niederträchtig*, so viele Menschen gleichzeitig zu hassen.

Egal.

Die Besatzungsmitglieder an Bord der *Joy's Pride* jedenfalls sagten dem Piloten über die Bordsprechanlage, sie dächten weitgehend wie er. Sie waren ganz allein dort oben am Himmel. Sie brauchten keinen Begleitschutz, weil die Japaner keine Flugzeuge mehr hatten. Der Krieg war aus, bis auf den abschließenden Aktenkram, eine Lage, wie sie wohl bereits bestanden hatte, bevor die *Enola Gay* Hiroshima einäscherte.

Um Kilgore Trout zu zitieren: »Dies war kein Krieg mehr, und die atomare Bombardierung von Nagasaki war das auch schon nicht gewesen. Dies war nur noch ›Danke, Yanks; das habt ihr gut gemacht!‹ Dies war nur noch *show biz*.«

Trout sagte in »Nichts zu lachen«, der Pilot und sein Bombenschütze hätten sich bereits in vorherigen Einsätzen irgendwie göttergleich gefühlt, als sie nur Brandsätze und konventionellen hochexplosiven Sprengstoff auf Menschen zu werfen gehabt hatten. »Aber das war göttergleich im Plural«, schrieb er. »Sie identifizierten sich mit minderen Gottheiten, die nur rächten und zerstörten. Ganz allein dort oben am Himmel, mit dem lila Scheißding unten am Flugzeug, fühlten sie sich wie Gott-der-Oberboß persönlich, der eine Option hatte, die es vorher nicht gegeben hatte, nämlich *gnädig* zu sein.«

Trout war ebenfalls im Zweiten Weltkrieg gewesen, aber nicht als Flieger und nicht im Pazifik. Er war Aufklärer bei der Feldartillerie des Heeres in Europa gewesen, ein Leutnant mit Feldstecher und Funkgerät, ganz vorne bei der Infanterie oder sogar noch vor ihr. Er sagte den Batterien weiter hinten, wo ihr Schrapnell oder ihr Phosphor oder ihr Sonstwas eine große Hilfe sein könnte.

Er selbst war bestimmt nie gnädig gewesen, fand auch, nach eigenem Eingeständnis, nie, daß er hätte gnädig sein sollen. Ich fragte ihn auf dem Strandpicknick im Jahre 2001, beim Schriftstellerwohnheim Xanadu, was er während des Krieges getrieben habe, welchen er »den zweiten mißglückten Selbstmordversuch der Zivilisation« nannte.

Er sagte ohne die Spur eines Bedauerns: »Ich habe zwischen einer berstenden Erde und einem explodierenden Himmel und in einem Schneesturm aus Rasierklingen deutsche Soldaten zu Klappstullen verarbeitet.«

Der Pilot der *Joy's Pride* wendete am Himmel um 180 Grad. Das lila Scheißding war immer noch unten am Flieger. Der Pilot nahm Kurs zurück nach Banalulu. »Er tat dies«, schrieb Trout, »weil seine Mutter das so gewollt hätte.«

Während des streng geheimen Kriegsgerichtsprozesses brachen irgendwann während der Verhandlung alle Anwesenden in Gelächter aus. Dies führte dazu, daß der vorsitzende Richter mit dem Hammer pochte und erklärte, das, was die Angeklagten getan hätten, sei »nichts zu lachen«. Was die Anwesenden so komisch fanden, war eine Äußerung des Vertreters der Anklage, welcher schilderte, was die Menschen auf dem Flughafen taten, als die *Joy's Pride* mit dem lila Scheißding unterm Bauch nur einen Fußbreit über dem Rollfeld zur Landung ansetzte. Die Menschen sprangen aus dem Fenster. Sie pinkelten sich in die Hose.

»Es kam zu allen Arten von Kollisionen zwischen verschiedenen Arten von Fahrzeugen«, schrieb Kilgore Trout.

Kaum hatte der Richter jedoch die Ordnung wieder hergestellt, als sich auf dem Grunde des Pazifischen Ozeans ein ungeheurer Spalt auftat. Er verschluckte Banalulu, die *Joy's Pride*, Kriegsgericht, ungebrauchte Atombombe und alles weitere.

4

Als der hervorragende deutsche Romancier und Zeichner Günter Grass hörte, daß ich 1922 geboren bin, sagte er zu mir: »In Europa gibt es keine Männer in Ihrem Alter, mit denen Sie reden könnten.« Während Kilgore Trouts und meines Krieges war er ein kleiner Junge gewesen, genau wie Elie Wiesel und Jerzy Kosinski und Miloš Forman und so weiter und so weiter. Ich hatte das Glück, hier geboren zu sein und nicht dort, und als Weißer und als Angehöriger der Mittelschicht und in ein Haus voller Bücher und Bilder hinein und in eine große, weitverzweigte Familie, die nicht mehr existiert.

Ich hörte diesen Sommer den Dichter Robert Pinsky bei einer Lesung, und er entschuldigte sich dafür, daß er ein viel schöneres Leben geführt habe als normal. Das sollte ich auch tun.

Immerhin habe ich letzten Mai die Gelegenheit ergriffen und als Gastredner bei einer Abschlußfeier in der Butler University meinem Geburtsort gedankt. Ich sagte: »Wenn ich noch mal ganz von vorn anfangen müßte, würde ich mir aussuchen, wieder in einem Krankenhaus in Indianapolis geboren zu werden. Ich würde mir aussuchen, meine Kindheit wieder in der North Illinois Street 4365 zu verbringen, etwa zehn Blocks von hier, und wieder ein Produkt der Schulen dieser Stadt zu sein.

Ich würde wieder Kurse in Bakteriologie und Qualitativanalyse an der Sommerschule der Butler University belegen.

Hier war alles für mich da, so, wie es für Sie da war, das Beste und das Schlechteste der westlichen Zivilisation, wenn man nur aufpaßte: Musik, Finanzen, Regierung, Architektur, Jura und Bildhauerei und Malen, Geschichte und Medizin und Sport und jede Art Naturwissenschaft und Bücher, Bücher, Bücher und Lehrer und Vorbilder.

Menschen, die so schlau waren, daß man es gar nicht glauben kann, und Menschen, die so blöd waren, daß man es gar nicht glauben kann. Menschen, die so nett waren, daß man es gar nicht glauben kann, und Menschen, die so gemein waren, daß man es gar nicht glauben kann.«

Ich gab auch gute Ratschläge. Ich sagte:»Mein Onkel Alex Vonnegut, Harvard-Absolvent und Lebensversicherungsvertreter, der in der North Pennsylvania Street 5033 wohnte, hat mir etwas sehr Wichtiges beigebracht. Er sagte, wenn gerade alles mal richtig gut ist, sollten wir aufpassen, daß wir das auch *merken*.

Er sprach von kleinen Gelegenheiten, nicht von großen Siegen: vielleicht an einem heißen Nachmittag im Schatten Limonade trinken oder das Aroma einer nahen Bäckerei riechen oder angeln, ohne sich darum zu kümmern, ob man was fängt oder nicht, oder hören, wie jemand im Haus nebenan ganz allein und richtig gut Klavier spielt.

Onkel Alex beschwor mich, während solcher Epiphanien laut zu sagen: ›Wenn das jetzt nicht schön ist, was denn dann?‹«

Ich hatte noch auf andere Weise Glück: Während der ersten dreiunddreißig Jahre meines Lebens war das Erzählen von Kurzgeschichten mit Tinte auf Papier eine amerikanische Großindustrie. Obwohl ich damals eine Frau und zwei Kinder hatte, lohnte es sich für mich, meinen Job als Werbefachmann bei General Electric aufzugeben, einschließlich Krankenversicherung und Rentenvorsorge. Ich konnte mehr verdienen, wenn ich Geschichten an die *Saturday Evening Post* und *Collier's* verkaufte, Wochenzeitschriften voller Anzeigen, die in jeder Nummer fünf Kurzgeschichten und eine Fortsetzung mit *cliffhanger* brachte.

Die beiden zahlten am besten für das, was ich produzieren konnte. Es gab noch so viele andere Zeitschriften, die hungrig auf Belletristik waren, daß der Markt für Geschichten wie ein Flipper war. Wenn ich meinem Agenten eine Geschichte schickte, konnte ich ziemlich sicher sein, daß mir jemand was dafür zahlte, selbst wenn sie immer wieder abgelehnt wurde.

Aber bald nachdem ich mit meiner Familie von Schenectady, New York, nach Cape Cod gezogen war, machte das Fernsehen, welches sich für die werbungtreibende Wirtschaft viel mehr lohnte, Schluß mit dem Kurzgeschichtenflipper als Lebensunterhalt.

Ich pendelte von Cape Cod nach Boston, um für eine Industrie-Werbeagentur zu arbeiten, und dann wurde ich Saab-Autohändler und dann Englischlehrer in einer Privatschule für ernsthaft versaubeutelte reiche Kinder.

Mein Sohn, der Arzt Mark Vonnegut, der ein prima Buch darüber geschrieben hat, wie er in den 60er Jahren wahnsinnig wurde, und danach seinen Dr. med. an der Harvard Medical School machte, hatte in Milton, Massachusetts, eine

Ausstellung seiner Aquarelle. Ein Reporter fragte ihn, wie es gewesen sei, mit einem berühmten Vater aufzuwachsen.

Mark erwiderte: »Als ich aufwuchs, war mein Vater ein Autohändler, der keinen Job als Lehrer am Cape Cod Junior College kriegen konnte.«

5 Ich denke mir immer noch von Zeit zu Zeit Kurzgeschichten aus, als wäre damit immer noch Geld zu verdienen. Man kann sich das nur schwer wieder abgewöhnen. Hochliterarische Menschen sprachen früher begeistert miteinander über eine Geschichte von Ray Bradbury oder J. D. Salinger oder John Cheever oder John Collier oder John O'Hara oder Shirley Jackson oder Flannery O'Connor oder von sonstwem, die ein paar Tage zuvor in einer Zeitschrift erschienen war.

Vorbei.

Wenn ich heutzutage die Idee für eine Kurzgeschichte habe, fertige ich einen Rohentwurf an, schreibe sie Kilgore Trout zu und stopfe sie in einen Roman. Hier kommt jetzt der Anfang einer Kurzgeschichte, die ich aus dem Kadaver von *Zeitbeben Eins* herausgehackt habe, betitelt »Die Schwestern B-36«: »Auf dem matriarchalisch regierten Planeten Bubu im Krebsnebel lebten einst drei Schwestern, die mit Nachnamen B-36 hießen. Es konnte nur Zufall sein, daß ihr Familienname auch der Name eines irdischen Flugzeugs war, dazu entworfen, Bomben über Zivilbevölkerungen mit verderbter politischer Führung abzuwerfen. Die Erde und Bubu waren zu weit voneinander entfernt, als daß sie je hätten kommunizieren können.«

Noch ein Zufall: Die Schriftsprache auf Bubu war wie das Englische auf der Erde; es bestand aus idiosynkratischen Anordnungen von sechsundzwanzig phonetischen in waagerecht von links nach rechts verlaufenden Zeilen, zehn Zahlen und etwa acht Satzzeichen.

Alle drei Schwestern waren schön, so hieß es in Trouts Erzählung, aber nur zwei waren beliebt, Malerin die eine, Autorin von Kurzgeschichten die andere. Die dritte konnte niemand leiden; sie war Naturwissenschaftlerin. Sie war so *langweilig!* Sie konnte immer nur über Thermodynamik sprechen. Ihr heimlicher Ehrgeiz bestand darin, ihre beiden künstlerischen Schwestern aussehen zu lassen wie, um eine von Trouts Lieblingsformulierungen zu verwenden, »etwas, was die Katze angeschleppt hat«.

Trout sagte, die Bubulinge gehörten zu den anpassungsfähigsten Geschöpfen in der hiesigen Milchstraßenfamilie. Dies verdankten sie ihrem großen Hirn, welches auf Tun oder Nichttun programmiert werden konnte, auf Fühlen oder Nichtfühlen oder was auch immer. Auf einfach alles!
 Die Programmierung geschah nicht chirurgisch oder elektrisch oder sonstwie durch eine neurologische Aufdringlichkeit. Sie geschah *gesellschaftlich*, und zwar ausschließlich durch Reden, Reden, Reden. Die Erwachsenen sprachen mit den kleinen Bubulingen am liebsten über ihrer Ansicht nach angemessene und erwünschte Gefühle und Taten. Das Hirn der Jungbubulinge reagierte mit der Entwicklung ständig wachsender Schaltkreise, welche kultivierte Vergnügungen und Verhaltensweisen automatisch machten.
 Bubulinge fanden es zum Beispiel eine gute Idee, wenn nicht wirklich was los war, sich in zuträglicher Weise durch minimale Stimuli erregen zu lassen, wie zum Beispiel idiosynkratische Anordnungen waagerechter Zeilen aus sechsundzwanzig phonetischen Symbolen, zehn Zahlen und etwa acht Satzeichen oder Pigmentkleckse auf glatten Oberflächen in Rahmen.
 Wenn ein kleiner Bubuling ein Buch las, konnte es passieren, daß ein Erwachsener ihn unterbrach, um, je nachdem, was im Buch geschah, zu sagen: »Ist das nicht traurig? Wie der liebe kleine Hund des kleinen Mädchens von der Müllabfuhr überfahren wurde? Findest du das nicht zum Weinen?« Oder der Erwachsene sagte über eine ganz andere Art von Geschichte: »Ist das nicht komisch? Wie der eingebildete reiche alte Mann auf einer *nim-nim*-Schale ausgerutscht und in

den Gully gefallen ist? Hast du dich da nicht praktisch ausgeschüttet vor Lachen?«

Eine *nim-nim* war auf Bubu eine bananenähnliche Frucht.

Einen unreifen Bubuling, der in eine Gemäldegalerie mitgenommen wurde, konnte man zu einem bestimmten Bild befragen, ob die darauf abgebildete Frau wirklich lächelte oder nicht. War sie nicht vielleicht in Wirklichkeit traurig und guckte trotzdem so? Ob sie verheiratet ist? Hat sie ein Kind? Ist sie nett zu ihm? Wohin geht sie wohl als nächstes? Gern oder ungern?

Wenn eine Schale mit Obst auf dem Gemälde war, sagte ein Erwachsener gern: »Sehen diese *nim-nims* nicht zum Anbeißen aus? Mmm, lecker, lecker!«

Diese Beispiele aus der Bubu-Pädagogie stammen nicht von mir. Sie sind von Kilgore Trout.

So wurden die Hirne der meisten, aber nicht aller Bubulinge dazu ausgebildet, Schaltkreise zu entwickeln, Mikrochips, wenn Sie so wollen, die man auf der Erde *Phantasien* genannt hätte. Ja, und genau weil die überwältigende Mehrheit der Bubulinge Phantasien hatten, waren zwei der Schwestern B-36, die Autorin von Kurzgeschichten und die Malerin, so vielgeliebt.

Die böse Schwester hatte durchaus auch Phantasie, aber nicht im Bereich der Kunstwahrnehmung. Sie las keine Bücher und ging nicht in Gemäldegalerien. Als sie noch klein war, verbrachte sie jede freie Minute im Garten der Irrenanstalt nebenan. Die Psychos im Garten wurden allgemein für harmlos gehalten, weshalb es als lobenswerte mitmenschliche Aktivität angesehen wurde, wenn sie ihnen Gesellschaft leistete. Aber die Irren brachten ihr Thermodynamik und Infinitesimalrechnung und so weiter bei.

Als die böse Schwester eine junge Frau war, entwarfen sie und die Irren Fernsehkameras und Sender und Empfänger. Dann bekam sie von ihrer sehr reichen Mutti Geld, um diese satanischen Geräte herzustellen und zu vermarkten, welche Phantasien überflüssig machten. Sie waren sofort beliebt, weil die Sendungen so attraktiv waren und keinerlei Hirnschmalz erforderlich war.

Sie verdiente jede Menge Geld, aber am meisten genoß sie es, daß ihre beiden Schwestern sich allmählich fühlten wie etwas, was die Katze angeschleppt hatte. Die jungen Bubulinge sahen keinen Sinn mehr darin, Phantasien zu entwickeln, weil sie nur auf einen Knopf drücken mußten und sofort allen möglichen knalligen Scheiß sehen konnten. Sie betrachteten eine bedruckte Seite oder ein Gemälde und fragten sich, wie sich wohl jemals jemand auf so was Simples und Totes einen runtergeholt haben mochte.

Die böse Schwester hieß Nim-nim. Als ihre Eltern ihr diesen Namen gaben, hatten sie keine Ahnung, wie unsüß sie einmal werden würde. Und Fernsehen war ja noch längst nicht alles! Sie war so unbeliebt wie immer, weil sie so langweilig war wie immer, und deshalb erfand sie Automobile und Computer und Stacheldraht und Flammenwerfer und Landminen und Maschinengewehre und so weiter. So stinksauer war sie.

Neue Generationen von Bubulingen wuchsen ohne Phantasie heran. Ihr Appetit auf Ablenkung von der Langeweile wurde von all dem Kack, den Nim-nim ihnen verkaufte, voll und ganz befriedigt. Warum auch nicht? Ist doch sowieso egal.

Ohne Phantasie konnten sie jedoch nicht mehr das, was ihre Vorfahren gekonnt hatten, nämlich im Gesicht der anderen Bubulinge interessante, herzerwärmende Geschichten lesen. So wurden, laut Kilgore Trout, »die Bubulinge so ziemlich die gnadenlosesten Geschöpfe in der hiesigen Milchstraßenfamilie«.

6 Trout sagte bei dem Strandpicknick im Jahr 2001, das Leben sei ja wohl unleugbar grotesk. »Aber unser Hirn ist groß genug, so daß wir uns den unvermeidlichen Possen und Hanswurstiaden anpassen können«, fuhr er fort, »und zwar durch künstliche Epiphanien wie diese hier.« Er meinte das Picknick an einem Strand unter einem bestirnten Himmel. »Wenn so was nicht schön ist, was denn dann?« sagte er.

Er verkündete, der Maiskolben, in Algen mit Hummern und Venusmuscheln gedünstet, sei *himmlisch*. Er fügte hinzu: »Und sehen all die Damen heute abend nicht aus wie *Engel*?« Er schwelgte in Mais und Frauen als *Ideen*. Er konnte den Mais nicht essen, weil das Oberteil seines Gebisses nicht fest genug saß. Alle längeren Beziehungen, die er zu Frauen gehabt hatte, waren Katastrophen gewesen. In der einzigen Liebesgeschichte, an die er sich je gewagt hatte, »Küß mich noch einmal«, hatte er geschrieben: »Keine schöne Frau kann die Erwartungen, die wegen ihres Aussehens in sie gesetzt wurden, über einen annehmbaren Zeitraum hinweg rechtfertigen.«

Die Moral am Ende der Geschichte geht so: »Männer sind Trottel. Frauen sind Psychotikerinnen.«

Von allen künstlichen Epiphanien sind mir Theaterstücke immer schon die liebsten. Trout nannte sie »artifizielle Zeitbeben«. Er sagte: »Bevor die Erdlinge wußten, daß es so was wie Zeitbeben in der Natur gibt, erfanden sie sie.« Und das stimmt. Schauspieler wissen genau, was sie sagen und tun werden und wie am Ende alles ausgehen wird, gut oder schlecht, und das bereits, wenn sich der Vorhang beim ersten Akt, erste Szene hebt. Sie haben aber keine andere Wahl, als sich so zu benehmen, als wäre die Zukunft ein Mysterium.

Ja, und als das Zeitbeben von 2001 uns ins Jahr 1991 zurückzappte, verwandelte es zehn Jahre unserer Vergangenheit in zehn Jahre unserer Zukunft, so daß wir uns an alles erinnern konnten, was wir zu sagen und zu tun hatten, als es soweit war.

Merken Sie sich das für den Start der nächsten Wiederholung nach dem nächsten Zeitbeben: *The show must go on!*

Das artifizielle Zeitbeben, das mich dies Jahr bisher am meisten bewegt hat, ist ein altes. Es ist *Unsere kleine Stadt* von dem verstorbenen Thornton Wilder. Ich hatte es bereits mit nie nachlassender Befriedigung vielleicht fünf- oder sechsmal gesehen. Und dann wurde in diesem Frühling meine dreizehn Jahre alte Tochter, die liebe Lily, als sprechende Tote auf dem Friedhof von Grover's Corners in einer Schulaufführung dieses unschuldigen, sentimentalen Meisterwerks besetzt.

Das Stück zappte Lily und ihre Mitschüler vom Abend der Aufführung zurück zum 7. Mai 1901! Zeitbeben! Sie waren Roboter von Thornton Wilders imaginärer Vergangenheit, bis nach dem Begräbnis der Heldin Emily in der allerletzten Szene der Vorhang fällt. Erst danach konnten sie wieder im Jahre 1996 leben. Erst dann konnten sie wieder selbst entscheiden, was als nächstes zu sagen und zu tun war. Erst dann konnten sie wieder ihrem freien Willen entsprechend handeln.

An jenem Abend überlegte ich traurig, während Lily tat, als wäre sie eine tote Erwachsene, daß ich, wenn Lily Abitur machte, achtundsiebzig Jahre alt sein würde, und zweiundachtzig, wenn sie die Uni verließ, und so weiter. Von wegen, Erinnerungen an die Zukunft!

Was mich jedoch zutiefst getroffen hat an jenem Abend, war der Abschied der Figur Emily in der letzten Szene, nachdem die Trauergäste den Hügel hinunter in ihr Dorf zurückgegangen sind und sie beerdigt haben. Sie sagt: »Lebe wohl, Welt, lebe wohl. Lebe wohl, Grover's Corners... Mama und Papa. Lebt wohl, tickende Uhren... und Mamas Sonnenblumen. Und Essen und Kaffee. Und frischgebügelte Kleider und heiße Bäder ... und Schlafen und Aufwachen. Ach, Erde, du bist so wunderbar, daß niemand merkt, wie wunderbar du bist.

Merken Menschen eigentlich, daß sie leben, solang sie leben? Jede, jede Minute?«

Ich werde jedesmal, wenn ich diese Rede höre, selbst zu einer Art Emily. Ich bin zwar noch nicht tot, aber es gibt einen Ort, scheinbar genauso sicher und simpel, so erfahrbar, so annehmbar wie Grover's Corners um die Jahrhundertwende, mit tickenden Uhren und Mama und Papa und heißen Bädern und frischgebügelten Klamotten und allem übrigen, dem ich bereits Lebewohl, Lebewohl gesagt habe, vor elend langer Zeit schon.

Was das für ein Ort war? Es waren die ersten sieben Jahre meines Lebens, bevor die Kacke am Dampfen war, zuerst die Wirtschaftskrise und dann der Zweite Weltkrieg.

Es heißt, das erste, was im Alter nicht mehr funktioniert, sind die Beine oder die Augen. Das stimmt nicht. Das erste, was nicht mehr funktioniert, ist rückwärts Einparken.

Jetzt schwafele ich über Stellen aus Stücken, die kaum noch jemand kennt oder mag, wie die Friedhofsszene in *Unsere kleine Stadt* oder die Partie Poker in Tennessee Williams' *Endstation Sehnsucht* oder was Willy Lomans Frau sagte, nachdem dieser tragisch gewöhnliche, unbeholfen ritterliche Amerikaner in Arthur Millers *Tod eines Handlungsreisenden* Selbstmord begangen hatte.

Sie sagte: »Man muß Obacht geben.«

In *Endstation Sehnsucht* sagte Blanche DuBois, als sie ins Irrenhaus geschafft wurde, nachdem der Mann ihrer Schwester sie vergewaltigt hatte: »Ich hab mich immer auf die Freundlichkeit von Fremden verlassen.«

Diese Reden, diese Situationen, diese Menschen wurden für mich als jungen Mann zu emotionalen und ethischen Marksteinen, und das sind sie im Sommer 1996 immer noch.

Das liegt daran, daß ich inmitten einer Versammlung völlig gebannter Mitmenschen in einem Theater noch vom Donner gerührt war, als ich sie zum erstenmal sah und hörte.

Sie hätten bei mir keinen stärkeren Eindruck hinterlassen als die Sportschau am Montag, wenn ich allein gewesen wäre und Nachos gegessen und ins Antlitz einer Kathodenstrahlenröhre gestarrt hätte.

In den frühen Tagen des Fernsehens, als es höchstens ein halbes Dutzend Sender gab, konnten uns wichtige, gut geschriebene Dramen in einer Kathodenstrahlenröhre durchaus noch das Gefühl vermitteln, Mitglieder einer aufmerksamen Versammlung zu sein, egal, wie allein wir zu Hause waren. Damals bestand die hohe Wahrscheinlichkeit, bei der geringen Auswahl, daß Freunde und Nachbarn dieselbe Sendung sahen wie wir, und Fernsehen war für uns noch ein Wunder, ein obersupertolles.

Vielleicht riefen wir sogar noch in derselben Nacht einen Freund an und stellten eine Frage und wußten bereits die Antwort: »Hast du *das* gesehen? Manno!«

Vorbei.

7

Die Wirtschaftskrise oder meine Rolle im Zweiten Weltkrieg hätte ich um nichts auf der Welt verpassen mögen. Trout machte während des Picknicks geltend, unser Krieg würde im Showbusineß ewig weiterleben, im Gegensatz zu anderen Kriegen, und zwar wegen der Nazi-Uniformen.

Er ließ sich in wenig schmeichelhafter Weise über die Tarnanzüge aus, die unsere Generäle heutzutage im Fernsehen tragen, wenn sie beschreiben, wie wir wg. Erdöl irgendein Land der dritten Welt plattgemacht haben. »Ich kann mir nicht vorstellen«, sagte er, »daß es irgendwo auf der Welt eine Gegend gibt, in der so ein greller Pyjama einen Soldaten weniger sichtbar macht als mehr.

Offensichtlich bereiten wir uns darauf vor«, sagte er, »den Dritten Weltkrieg auf einem riesenhaften spanischen Omelett zu führen, umgeben von Pilzen, Zwiebeln, Tomaten und grünen Paprikastreifen.«

Er fragte, welche meiner Verwandten in Kriegen verwundet worden seien. Soweit ich wußte, nur einer. Das war mein Urgroßvater Peter Lieber, ein Einwanderer, der Brauer in Indianapolis wurde, nachdem er in unserem Bürgerkrieg am Bein verletzt worden war. Er war Freidenker, das heißt skeptisch gegenüber konventionellen Glaubenslehren, wie Voltaire und Thomas Jefferson und Benjamin Franklin und so weiter vor ihm. Und wie Kilgore Trout und ich nach ihm.

Ich sagte Trout, daß Peter Liebers anglo-amerikanischer Kompaniechef seinen Leuten, allesamt Freidenker aus Deutschland, religiöse christliche Traktate zur Inspiration gab. Trout reagierte, indem er seine revidierte Fassung der Schöpfungsgeschichte zum besten gab.

Glücklicherweise hatte ich ein Tonbandgerät dabei, welches ich einschaltete.

»Hör bitte auf zu essen, und paß auf«, sagte er. »Es ist wichtig.« Er hielt inne, um das Oberteil seines Gebisses mit dem Ballen des linken Daumens gegen den Gaumen zu drücken. Etwa alle zwei Minuten lockerte sich das Gebiß dann wieder. Er war Linkshänder, wie ich, bis meine Eltern mich dazu brachten, Rechtshänder zu werden, wie auch meine Töchter Edith und Lily bzw., wie wir sie liebevoll nennen, Edie Bukket und Lolly-boo, Linkshänder sind.

»Am Anfang war absolut nichts, und damit meine ich *nichts*«, sagte er. »Aber nichts impliziert etwas, so, wie oben unten impliziert und süß sauer impliziert und Mann Frau impliziert und betrunken nüchtern und froh traurig. Ich kann es euch nicht ersparen, Freunde und Nachbarn, aber wir alle sind winzig kleine Hindeutungen innerhalb einer riesengroßen Hindeutung. Wenn's euch hier nicht paßt, warum geht ihr dann nicht dahin zurück, woher ihr gekommen seid?

Das erste Etwas, worauf all dies Nichts hindeutet«, sagte er, »bestand in Wirklichkeit aus zwei Etwassen, und zwar Gott und Satan. Gott war männlich. Satan war weiblich. Sie deuteten aufeinander hin und waren infolgedessen gleichrangig in der sich nun entwickelnden Machtstruktur, welche hinwiederum auch nichts anderes war als eine Hindeutung. Was auf Macht hindeutete, war Schwäche.

Gott schuf Himmel und Erde«, fuhr der alte, längst vergriffene Science-fiction-Autor fort. »Und die Erde war formlos und wüst und leer, und es war finster auf der Tiefe. Und der Geist Gottes schwebte auf dem Wasser. Das hätte Satan auch gekonnt, aber sie fand das eher blöd, Aktionismus um seiner selbst willen. Wozu? Zunächst sagte sie nichts.

Aber Satan begann sich Sorgen um Gott zu machen, als Er sagte: ›Es werde Licht‹, und es Licht ward. Da fragte sie sich doch: ›Was, zum, äh, Geier, glaubt Er, was Er da macht? Wie weit will Er noch gehen, und erwartet Er etwa, daß ich Ihm bei diesem ganzen irrwitzigen Kram behilflich bin?‹

Und dann war die Kacke wirklich am Dampfen. Gott erschuf Mann und Frau, wunderschöne kleine Miniaturen von sich und ihr, und ließ sie laufen, um zu sehen, was vielleicht aus den beiden würde. Der Garten Eden«, sagte Trout, »könnte als Prototyp für das Kolosseum und die römischen Zirkusspiele angesehen werden.

Satan«, sagte er, »konnte nichts, was Gott gemacht hatte, wieder rückgängig machen. Immerhin konnte sie versuchen, seinen kleinen Spielsachen das Leben weniger schmerzensreich zu gestalten. Sie konnte sehen, was Er nicht sah: Am Leben sein hieß, sich entweder vor Langeweile oder vor Angst in die Hose scheißen. Also füllte sie einen Apfel mit allen möglichen Ideen, um wenigstens die Langeweile zu mildern, zum Beispiel mit Regeln für Karten- und Würfelspiele und wie man fickt und Rezepte für Bier und Wein und Whiskey und Bilder von verschiedenen Pflanzen, die man rauchen kann, und so weiter. Und Anweisungen, wie man Musik macht und singt und richtig irre tanzt, richtig sexy. Und wie man Gottes Namen im Zorn in den Mund nimmt, wenn man sich die Zehen angestoßen hat.
 Satan ließ Eva den Apfel durch eine Schlange überreichen. Eva biß ab und gab ihn an Adam weiter. Er biß ab, und dann wurde gefickt.

Ich muß allerdings zugeben«, sagte Trout, »daß einige der Ideen in dem Apfel bei einer Minderheit derjenigen, die davon gekostet hatten, katastrophale Nebenwirkungen zeitigten.« Es sei hier festgehalten, daß Trout selber weder Alkoholiker noch Fixer, noch Spieler, noch Sittenstrolch war. Er schrieb lediglich.
 »Satan wollte ja nur helfen, und in vielen Fällen tat sie das auch«, schloß er. »Und ihre Akte, was die Verbreitung von Patentrezepten mit gelegentlichen gräßlichen Nebenwirkungen betrifft, sieht keineswegs schlechter aus als die der angesehensten pharmazeutischen Firmen der Gegenwart.«

8

Die Nebenwirkungen von Satans Schnapsrezepten haben im Leben und Sterben vieler großer amerikanischer Schriftsteller eine zerstörerische Rolle gespielt. In *Zeitbeben Eins* malte ich mir ein Heim für Schriftsteller namens Xanadu aus, in welchem jede der vier Gästesuiten zu Ehren eines amerikanischen Literaturnobelpreistragers benannt war. Die Ernest Hemingway und die Eugene O'Neill waren im ersten Stock des Anwesens. Die Sinclair Lewis war im zweiten Stock. Die John Steinbeck war in der Remise.

Kilgore Trout rief, als er in Xanadu eintraf, zwei Wochen nachdem der freie Wille wieder voll reingehauen hatte: »Alle vier Tinte-auf-Papier-Helden waren nachweislich Alkoholiker!«

William Saroyans Ruin waren Glücksspiele. Eine Kombination von Suff und Spiel schaffte den Journalisten Alvin Davis, einen heftig vermißten guten Freund. Ich fragte Al einmal, was der größte Kick sei, den ihm Glücksspiele verschafften. Er sagte, der komme, nachdem er in einer vierundzwanzigstündigen Partie Poker all sein Geld verspielt habe.

Nach ein paar Stunden ging er wieder hin, mit Geld, das er sich besorgt hatte, wo immer er es kriegen konnte, bei einem Freund, weil er was versetzt hatte, bei einem Kredithai. Und er setzte sich an den Tisch und sagte: »Ich nehm fünf.«

Der verstorbene britische Philosoph Bertrand Russell sagte, er habe Freunde an eine von drei Süchten verloren: Alkohol oder Religion oder Schach. Kilgore Trout kam nicht davon los, idiosynkratische Anordnungen in waagerechten Zeilen zu machen, mit Tinte auf gebleichtem und geglättetem Zellstoff, und zwar aus sechsundzwanzig phonetischen Symbolen, zehn Zahlen und etwa acht Satzzeichen. Er war für jeden oder jede, der oder die dachte, er wäre sein oder ihr Freund, ein schwarzes Loch.

Ich habe zweimal geheiratet, bin einmal geschieden. Meine beiden Ehefrauen, erst Jane und jetzt Jill, haben gelegentlich gesagt, ich sei in dieser Hinsicht ziemlich wie Trout.

Meine Mutter war süchtig nach Reichtum, war von Dienstboten und unbegrenzten Kundenkreditkonten abhängig, von üppigen Diners mit Gästen, von häufigen Erster-Klasse-Trips nach Europa. Man könnte also sagen, daß sie während der gesamten Wirtschaftskrise ganz schlimm unter Entzugserscheinungen zu leiden hatte.

Sie war *akkulturiert*!

Akkulturierte Menschen sind Menschen, die finden, daß sie nicht mehr wie die Art Menschen behandelt werden, welche sie zu sein angenommen hatten, denn die Welt ringsum hat sich verändert. Ein wirtschaftliches Mißgeschick oder eine neue Technologie oder die Eroberung durch ein anderes Land oder eine andere politische Fraktion können den Menschen das schneller antun, als man »Jack Robinson« sagen kann.

Wie Trout in seiner Geschichte »Eine amerikanische Familie, auf dem Planeten Pluto gestrandet« schrieb: »Nichts zerstört jede Art von Liebe gründlicher als die Entdeckung, daß das eigene bisher akzeptable Verhalten lächerlich geworden ist.« Im Gespräch anläßlich des Strandpicknicks im Jahre 2001 sagte er: »Wenn ich nicht gelernt hätte, ohne Kultur und Gesellschaftsstruktur zu leben, hätte mir die Akkulturierung schon tausendmal das Herz gebrochen.«

In *Zeitbeben Eins* ließ ich Trout seine »Schwestern B-36« in einen deckellosen Maschendraht-Müllbehälter werfen, der an einen Hydranten vor der American Academy of Arts and Letters gekettet war, ganz-ganz-weit-oben-und-dann-noch-ein-ziemliches-Stück in der West 155th Street in Manhattan, zwei Häuser westlich vom Broadway. Dies geschah am Heiligen Abend im Jahre 2000, also einundfünfzig Tage bevor das Zeitbeben alle und alles ins Jahr 1991 zurückzappte.

Die Mitglieder der Akademie, sagte ich, die süchtig danach waren, altmodische Kunst auf altmodische Weise herzustellen, ohne Computer, erfuhren gerade die Akkulturation. Sie waren wie die beiden künstlerischen Schwestern auf dem matriarchalisch regierten Planeten Bubu im Krebsnebel Praesepe.

Es gibt tatsächlich eine Amerikanische Akademie der Künste. Ihr palastartiges Hauptquartier befindet sich genau dort, wohin ich es in *Zeitbeben Eins* verlegt habe. Davor steht tatsächlich ein Hydrant. Und innen drin sind tatsächlich eine Bibliothek und eine Kunstgalerie und Säle für Empfänge und Konferenzräume und Büros für die Verwaltung und ein sehr großartiges Auditorium.

Durch Beschluß des Kongresses von 1916 darf die Akademie nicht mehr als 250 Mitglieder haben, amerikanische Staatsbürger allesamt, die sich alle als Romanciers, Dramatiker, Dichter, Historiker, Essayisten, Kritiker, Komponisten, Architekten, Maler oder Bildhauer hervorgetan haben müssen. Ihre Reihen werden regelmäßig durch den Sensenmann gelichtet, den Tod. Eine Aufgabe der Überlebenden besteht darin, die leeren Stellen aufzufüllen, indem sie passende Personen erst nominieren und dann, in geheimer Wahl, berufen.

Zu den Gründern der Akademie gehörten altmodische Schriftsteller wie Henry Adams und William und Henry James und Samuel Clemens und der altmodische Komponist Edward MacDowell. Ihr Publikum war notgedrungen klein. Ihr Hirn war alles, was ihnen für ihre Arbeit zur Verfügung stand.

In *Zeitbeben Eins* schrieb ich, daß im Jahr 2000 Menschen, welche diese Kunstfertigkeiten besaßen, in den Augen der breiteren Öffentlichkeit so verschroben wirkten »wie die Hersteller der Spielzeugwindmühlen in neu-englischen Touristenstädten. Diese Windmühlen sind seit Kolonialzeiten als *whirligigs* bekannt.«

9

Die Leute, die die Akademie um die Jahrhundertwende gründeten, waren Zeitgenossen von Thomas Alva Edison, Erfinder von, neben anderen Sachen, Tonaufnahmen und bewegten Bildern. Vor dem Zweiten Weltkrieg waren jedoch diese Komplotte, die Aufmerksamkeit von Millionen auf dem ganzen Erdball zu erregen und zu fesseln, nur quäkende oder flimmernde Verspottungen des eigentlichen Lebens.

Die Akademie bezog ihr gegenwärtiges Domizil, von der Firma McKim, Head & White entworfen und von dem Philanthropen Archer Milton Huntington bezahlt, im Jahre 1923. Im selben Jahr führte der amerikanische Erfinder Lee De Forest Apparate vor, die es ermöglichten, den bewegten Bildern Tonaufnahmen hinzuzufügen.

Ich hatte in *Zeitbeben Eins* eine Szene, die im Büro von Monica Pepper spielte, der fiktiven Leiterin der Akademie, und zwar am 24. Dezember 2000. Das war der Nachmittag, an welchem Kilgore Trout »Die Schwestern B-36« in den deckellosen Maschendraht-Müllbehälter warf, abermals einundfünfzig Tage, bevor das Zeitbeben zuschlug.

Mrs. Pepper, Gattin des an den Rollstuhl gefesselten Komponisten Zoltan Pepper, hatte verblüffende Ähnlichkeit mit meiner verstorbenen Schwester Allie, die das Leben so haßte. Allie starb bereits 1958 an Alleskrebs, als ich sechsunddreißig war und sie einundvierzig, bis zum bittern Ende von Schuldeneintreibern verfolgt. Beide Frauen waren blond und schön, und das war okay. Aber sie waren 1,87 Meter groß! Beide Frauen waren in ihrer Jugend beständig akkulturiert worden, denn nirgendwo auf der Erde, außer bei den Watussis, hatte es Sinn für eine Frau, so groß zu sein.

Beide Frauen hatten Pech gehabt. Allie heiratete einen netten Typ, der in dummen Geschäften erst all ihr gemeinsames und dann noch etwas zusätzliches Geld einbüßte. Monica Pepper war der Grund dafür, daß ihr Mann, Zoltan Pepper, von der Hüfte abwärts gelähmt war. Zwei Jahre zuvor war sie versehentlich in einem Swimmingpool in Aspen, Colorado, auf seinem Kopf gelandet. Immerhin mußte Allie nur einmal so tief verschuldet und mit vier unmündigen Söhnen sterben. Nachdem das Zeitbeben zugeschlagen hatte, mußte Monica Pepper eine zweite Schwalbe auf den Kopf ihres Gatten springen.

Monica und Zoltan sprachen in ihrem Büro in der Akademie an jenem Heiligabend des Jahres 2000 miteinander. Zoltan weinte und lachte gleichzeitig. Sie waren gleich alt, vierzig, und somit Baby-Boomer. Sie hatten keine Kinder. Ihretwegen funktionierte sein Dingdong nicht mehr. Darüber lachte und weinte Zoltan gleichzeitig, gewiß, hauptsächlich aber über einen total unmusikalischen Jungen. Der wohnte ein Haus weiter und hatte ein annehmbares, wenngleich epigonales Streichquartett in der Manier Beethovens komponiert und orchestriert, und zwar mit Hilfe eines neuen Computerprogramms namens Wolfgang.

Da half nun gar nichts; der Vater des widerwärtigen Kindes mußte Zoltan die Partitur zeigen, die der Drucker seines Sohnes morgens ausgespuckt hatte, und ihn fragen, ob sie wohl was tauge.

Als wäre Zoltan nicht bereits durch Beine und einen Dingdong, die den Dienst versagten, genügend destabilisiert, hatte sein älterer Bruder Frank, ein Architekt, nachdem seiner Selbstachtung ein nahezu identischer Schlag versetzt worden war, nur einen Monat zuvor Selbstmord begangen. Ja, und Frank Pepper sollte dermaleinst vom Zeitbeben aus seinem Grab gewuppt werden, damit er sich noch einmal vor den Augen seiner Frau und seiner drei Kinder das Hirn aus dem Schädel pusten konnte.

Und das kam so: Frank ging in den Drugstore, um Präser oder Kaugummi oder sonstwas zu kaufen, und der Drogist sagte ihm, seine sechzehnjährige Tochter sei Architektin geworden und wolle von der Schule abgehen, weil Schule Zeitverschwendung sei. Sie hatte eine Freizeiteinrichtung für Jugendliche in notleidenden Stadtteilen entworfen, und zwar mit Hilfe eines neuen Computerprogramms, welches die Schule für den berufskundlichen Unterricht ihrer etwas dämlicheren Schüler angeschafft hatte, die außer der Mittelschule ohnehin keine Perspektive hatten. Das Programm hieß Palladio.

Frank ging in einen Computerladen und fragte, ob er Palladio ausprobieren dürfe, bevor er es kaufe. Er bezweifelte stark, daß es für jemanden mit seiner Begabung und Ausbildung von Nutzen sein würde. Also gab ihm Palladio dort im Laden und in einer knappen halben Stunde das, was er von ihm verlangt hatte: die Konstruktionszeichnungen, mit denen ein Bauunternehmer ein dreistöckiges Parkhaus in der Manier von Thomas Jefferson hochziehen konnte.

Frank hatte sich die verrückteste Aufgabe ausgedacht, die ihm einfiel, im Vertrauen darauf, daß der Computer ihm sagen würde, auf ihn als Kunden könne er verzichten. Von wegen! Er präsentierte ihm ein Menü nach dem anderen, fragte, für wie viele Autos und in welcher Stadt, wegen der verschiedenen örtlichen Bauvorschriften, und ob Lastwagen dort ebenfalls parken durften und so weiter und so weiter. Er befragte ihn sogar nach den Gebäuden drum rum, und ob eine Jefferson-Architektur mit ihnen harmonieren würde. Er bot ihm alternative Pläne an, in der Manier von Michael Graves oder I. M. Pei.

Er gab ihm Pläne für Kabel- und Rohrleitungen und Schätzungen für Baseballstadien und Kostenvoranschläge für jede Weltengegend; er brauchte es nur zu sagen.

Also ging Frank nach Hause und brachte sich zum erstenmal um.

Zoltan Pepper saß am ersten von zwei Heiligabenden des Jahres 2000 heulend und lachend im Büro seiner Frau in der Akademie und sagte zu seiner schönen, aber schlaksigen Frau: »Früher sagte man von einem Mann, der einen empfindlichen Rückschlag in seiner beruflichen Karriere erlitten hatte, sein Kopf sei ihm auf einem silbernen Tablett überreicht worden. Heutzutage wird uns unser Kopf mit einer *Pinzette* überreicht.«

Er sprach natürlich von Mikrochips.

10

Allie starb in New Jersey; sie und ihr Mann, Jim, ebenfalls ein »Hoosier«, wie die ungeschlachten Eingeborenen des Bundesstaates Indiana heißen, sind nebeneinander auf dem Crown-Hill-Friedhof von Indianapolis beerdigt. Außerdem liegt dort James Whitcomb Riley, der *Hoosier Poet*, ein Hagestolz und Suffkopp. Außerdem liegt dort John Dillinger, der geliebte Bankräuber der 30er Jahre. Außerdem liegen dort unsere Eltern, Kurt und Edith, und der kleine Bruder meines Vaters, Alex Vonnegut, der Lebensversicherungsvertreter mit der Harvard-Ausbildung, der immer, wenn das Leben gerade schön war, sagte: »Wenn das nicht schön ist, was denn dann?« Außerdem liegen dort zwei frühere Generationen der Vorfahren meiner Eltern: ein Brauer, ein Architekt, Kaufleute und Musiker und natürlich ihre Frauen.

Ein volles Haus!

John Dillinger, ein Bauernjunge, brach einmal aus dem Gefängnis aus, indem er eine hölzerne Pistole schwang, die er aus der zerbrochenen Daube eines Waschtrogs geschnitzt hatte. Er schwärzte sie mit Schuhwichse! Er war so *amüsant*. Auf der Flucht, während er Banken überfiel und in der Wildnis verschwand, schrieb er Henry Ford einen Fanbrief. Er bedankte sich bei dem alten Antisemiten dafür, daß er so schnelle und wendige Fluchtautos baute!

Damals konnte man der Polizei entkommen, wenn man ein besserer Fahrer mit einem besseren Auto war. Von wegen *fair play*! Von wegen was wir für jeden in Amerika anstreben: *gleiche Startchancen!* Und er nahm nur von den Reichen und Starken, Banken mit bewaffneten Wachmännern, und *persönlich*.

Dillinger war kein schleimiger, schlauer Schwindler. Er war ein *Athlet*.

Auf der sabbernden Suche nach subversiver Literatur in den Regalen unserer staatlichen Schulen, die nie enden wird, bleiben die beiden allersubversivsten Geschichten unbeanstandet und rundherum unbeargwöhnt. Die eine ist die Geschichte von Robin Hood. So ungebildet, wie John Dillinger war, war sie gewiß seine Inspiration: ein *reputierlicher* Entwurf für das, was ein richtiger Mann mit seinem Leben *anfängt*.

Die Seelen von Kindern in intellektuell bescheidenen amerikanischen Haushalten waren damals noch nicht mit zahllosen Geschichten aus Fernsehapparaten vollgesumpft. Sie hörten oder lasen nur wenige Geschichten, und deshalb konnten sie sie behalten und vielleicht etwas aus ihnen lernen. Überall auf der englischsprechenden Welt war eine dieser Geschichten »Aschenputtel«. Eine weitere war »Das häßliche Entlein«. Eine dritte war die Geschichte von Robin Hood.

Und noch eine dieser Geschichten, genauso respektlos gegenüber etablierter Autorität wie die Geschichte von Robin Hood, was »Aschenputtel« und »Das häßliche Entlein« nicht sind, ist das Leben Jesu Christi, wie es im Neuen Testament beschrieben wird.

G-Men erschossen Dillinger im Auftrag von Edgar J. Hoover, dem unverheirateten homosexuellen Direktor des FBI, richteten ihn schlicht hin, als er mit einer Bekannten aus dem Kino kam. Er hatte keine Pistole gezogen, sich nicht auf seine Gegner gestürzt, keine Deckung gesucht. Er war wie jeder andere, der nach einem Film in die reale Welt zurückkehrt und aus der Verzauberung erwacht. Er wurde umgebracht, weil durch seine Schuld die G-Men, die alle diese kleinen Filzhüte trugen, zu lange ausgesehen hatten wie *non compos mentis* oder *nincompoops* oder Trottel.

Das war 1934. Ich war elf. Allie war sechzehn. Allie weinte und wütete, und wir schmähten beide Dillingers Bekannte, mit der er im Kino gewesen war. Diese *miese Zicke*, anders konnte man sie nicht nennen, hatte den *feds* einen Tip gegeben, wo Dillinger an jenem Abend sein würde. Sie sagte, sie würde ein orangefarbenes Kleid anhaben. Der unscheinbare Gimpel, der mit ihr zusammen das Kino verlassen würde, sei der Mann, den der schwule Direktor des FBI als Staatsfeind Nr. 1 gebrandmarkt hatte.

Sie war Ungarin. Wie es so schön heißt: »Wenn du einen Ungarn zum Freund hast, brauchst du keinen Feind mehr.«

Allie hat sich später neben Dillingers großem Grabstein auf dem Crown-Hill-Friedhof fotografieren lassen, nicht weit von dem Zaun an der West 38th Street. Ich bin noch manchmal an ihm vorbeigekommen, wenn ich mit der .22er halbautomatischen Flinte, die mir mein Vater, der Waffennarr, zum Geburtstag geschenkt hatte, auf Krähen schoß. Krähen wurden damals als Feinde der Menschheit eingeschätzt. Wenn man sie ließ, fraßen sie uns den Mais weg.

Ein Junge, den ich kannte, schoß mal einen Steinadler. Sie hätten die Spannweite der Flügel sehen sollen!

Allie haßte die Jagd so sehr, daß ich damit aufhörte, und Vater dann auch. Wie ich schon mal woanders geschrieben habe, wurde er Waffennarr und Jäger, um zu beweisen, daß er nicht unmännlich war, obwohl er als Architekt und Maler und Töpfer in den schönen Künsten tätig war. Bei Lesungen sagte ich oft: »Wenn Sie Ihre Eltern wirklich kränken wollen und nicht den Nerv haben, homosexuell zu werden, könnten Sie wenigstens eine künstlerische Laufbahn einschlagen.«

Vater nahm an, er könne seine Männlichkeit immer noch mit Angeln unter Beweis stellen. Aber das vergällte ihm mein großer Bruder Bernie auch, indem er sagte, das sei, als zerschmetterte man Schweizer Taschenuhren oder sonstige kunstfertig konstruierte kleine Meisterwerke.

Bei dem Picknick im Jahre 2001 erzählte ich Kilgore Trout, wie mein Bruder und meine Schwester es geschafft hatten, daß Vater sich des Jagens und des Angelns schämte. Er zitierte Shakespeare: »Viel schärfer als der Schlange Zahn, undankbar Kind zu haben!«

Trout war Autodidakt, hatte keinen Schulabschluß. Deshalb erstaunte es mich milde, daß er Shakespeare zitieren konnte. Ich fragte, ob er viel von diesem bemerkenswerten Autor auswendig gelernt habe. Er sagte: »Ja, lieber Kollege, einschließlich eines einzelnen Satzes, welcher das Leben, wie es von den Menschenwesen geführt wird, so vollkommen beschreibt, daß nach ihm kein Schriftsteller mehr auch nur ein Wort hätte schreiben müssen.«

»Welcher Satz war das, Mr. Trout?« fragte ich.

Und er sagte: »›Die ganze Welt ist Bühne, und alle Fraun und Männer bloße Spieler.‹«

11

Letztes Frühjahr schrieb ich einem alten Freund einen Brief, in dem ich ausführte, warum ich offensichtlich keine verlegbaren Texte mehr schreiben konnte, nachdem ich das jahrelang immer wieder vergeblich versucht hatte. Er heißt Edward Muir, ist Dichter und Werbetexter in meinem Alter und wohnt in Scarsdale. In meinem Roman *Katzenwiege* sage ich, daß jeder, dessen Leben sich ohne logischen Grund immer wieder mit dem eigenen Leben verheddert, wahrscheinlich Mitglied der eigenen *karass* ist, einer Mannschaft, die Gott aufgestellt hat, damit sie etwas für Ihn auf die Reihe kriegt. Ed Muir gehört ganz bestimmt zu meiner *karass*.

Hören Sie sich dies an: Als ich nach Weltkrieg Zwei auf der Universität von Chicago war, war Ed auch da, aber wir sind uns nie über den Weg gelaufen. Als ich nach Schenectady, New York, ging, um für General Electric Öffentlichkeitsarbeit zu machen, zog er dorthin, um am Union College zu lehren. Als ich bei GE aufhörte und nach Cape Cod zog, tauchte er dort als Werber für das *Great Books Program* auf. Schließlich lernten wir uns kennen, und ob das nun geschah, um Gott zu dienen oder nicht, meine erste Frau Jane und ich wurden jedenfalls Leiter einer *Great Books*-Gruppe.

Und als er einen Job bei einer Werbeagentur in Boston annahm, tat ich das ebenfalls, ohne zu wissen, daß er das bereits getan hatte. Als Eds erste Ehe in die Brüche ging, ging meine ebenfalls auseinander, und jetzt sind wir beide in New York. Ich will damit jedoch nur folgendes sagen: Als ich ihm einen Brief über meinen *writer's block*, meine Schreibhemmung, schickte, ordnete er ihn so an, daß er aussah wie ein Gedicht, und schickte ihn zurück.

Er ließ meine Anrede und die ersten paar Zeilen weg, in

denen ich *Reader's Block* von David Markson gelobt hatte, der am Union College bei ihm studiert hatte. Ich schrieb, David solle nicht dem Schicksal dafür danken, daß es ihm gestattet habe, in einer Zeit, in der sich die Menschen nicht mehr in so großer Zahl von einem Roman zu einem ehrlichen *Wow!* hinreißen lassen, egal, wie herausragend er ist, so ein gutes Buch zu schreiben. So was in der Art. Ich habe keinen Durchschlag meines Briefes in Prosaform. Als Gedicht jedoch sieht er so aus:

Und dank nicht dem Schicksal.
Wenn wir weg sind, gibt es keinen mehr,
Der sich so erregen läßt von Tinte auf Papier,
Daß er merkt, wie gut es ist.

Ich habe dieses Leiden, nicht unähnlich der
Ambulatorischen Lungenentzündung; nennen wir's
Ambulatorische Schreibhemmung.

Ich bedecke jeden Tag Papier mit Wörtern,
Doch die Geschichten gehen nie dorthin,
Wo, wie ich finde, sich die Mühe lohnt.

Aus Schlachthof 5 *hat jetzt ein junger Deutscher*
Ein Opernwerk gemacht,
Premiere soll im Juni sein, in München.
Auch dorthin will ich nicht.
Kein Interesse.

Wie stets gefällt mir Wilhelm Ockhams Satz
(Du sollst nicht ohne Not multiplizieren) –
Und das Gesetz des Geizes, das besagt,
Die einfachste Erklärung eines Phänomens
Ist für gewöhnlich die, der man vertrauen kann.

Und nun, so glaube ich, mit Davids Hilfe,
Daß kundtut die gehemmte Schreibe,
Wie das Leben unserer Lieben wirklich endete,
Tatsächlich, und nicht so, wie wir's gehofft
Hatten. Mit Hilfe unseres Instinkts,
Der Körpersprache.
Denn Prosa ist Instinkt und Körper Sprache.

Oder wie oder was.

Das war nett von Ed. Eine weitere Geschichte über ihn stammt aus seiner Zeit als Außendienstleiter für *Great Books*. Als Dichter ist er eher minderbekannt; gelegentlich veröffentlicht er im *Atlantic Monthly* und ähnlichen Publikationen. Sein Name ist fast gleichlautend mit dem des eher mehr bekannten Dichters *Edwin Muir*, eines Schotten, der 1959 starb. Intellektuell angehauchte Menschen fragten ihn manchmal, ob er *der Dichter* sei, und meinten Edwin.

Einmal, als Ed einer Frau sagte, er sei nicht *der Dichter*, zeigte sie sich tief enttäuscht. Sie sagte, eins ihrer Lieblingsgedichte sei »Der Dichter bedeckt sein Kind«. Nun hören Sie sich das an: Es war der Amerikaner Ed Muir, der das Gedicht geschrieben hatte.

12

So gern hätte ich *Unsere kleine Stadt* geschrieben. So gern hätte ich Inline-Skates erfunden.

Ich habe A. E. Hotchner, einen Freund und Biographen des verstorbenen Ernest Hemingway, gefragt, ob Hemingway jemals einen Menschen erschossen habe, sich selbst nicht mitgezählt. Hotchner sagte: »Nein.«

Ich habe den großen verstorbenen deutschen Romancier Heinrich Böll gefragt, welches der Hauptcharakterfehler der Deutschen sei. Er sagte: »Gehorsam.«

Ich habe einen meiner Adoptivneffen gefragt, was er von meinen Tanzkünsten halte. Er sagte: »Annehmbar.«

Als ich in Boston einen Job als Werbetexter annahm, weil ich pleite war, fragte mich ein Kontakter, was Vonnegut für ein Name sei. Ich sagte: »Ein deutscher.« Er sagte: »Die Deutschen haben sechs Millionen meiner Vettern umgebracht.«

Sie wollen wissen, warum ich kein AIDS habe, warum ich nicht HIV-positiv bin wie so viele andere Leute? Ich ficke nicht in der Gegend herum. So einfach ist das.

Trout sagte, dies sei die Geschichte, warum AIDS und neue Sorten von Syph und Tripper und Bubo die Runde machen wie wild gewordene Avon-Beraterinnen: Am 1. September 1945, gleich nach Beendigung des Zweiten Weltkriegs, hielten Vertreter aller chemischen Elemente auf dem Planeten Tralfamadore eine Konferenz ab. Sie waren zusammengekommen, um dagegen zu protestieren, daß einige ihrer Mitglieder in den Körpern großer, schlampiger, stinkiger Organismen enthalten gewesen seien, so grausam und dumm wie Menschen.

Elemente wie Polonium und Ytterbium, welche nie wesentlich in Menschen vorgekommen waren, verliehen trotzdem ihrer Empörung darüber Ausdruck, daß Chemikalien *überhaupt* in dieser Form mißbraucht worden seien.

Der Kohlenstoff, obschon verlegener Veteran zahlloser Massaker im Laufe der Geschichte, lenkte die Aufmerksamkeit der Anwesenden auf die öffentliche Hinrichtung eines einziges Mannes, im England des fünfzehnten Jahrhunderts des Verrats angeklagt. Er wurde gehängt, bis er fast tot war. Dann wurde er wiederbelebt. Dann wurde ihm der Unterleib aufgeschlitzt.

Der Henker zog eine Schlaufe aus Eingeweiden daraus hervor. Er ließ die Schlaufe vor dem Gesicht des Mannes baumeln und versengte sie hie und da mit einer Fackel. Die Schlaufe war immer noch mit den übrigen Innereien des Mannes verbunden. Der Henker und seine Helfer spannten vier Pferde an, eins an jedes seiner Glieder.

Sie peitschten die Pferde, und diese rissen den Mann in vier ausgefranste Stücke. Die Stücke wurden an Fleischerhaken aufgehängt und konnten auf einem Marktplatz besichtigt werden.

Man war, laut Trout, vor der Konferenz übereingekommen, daß keins von gräßlichen Dingen berichten dürfe, die erwachsene Menschen an Kindern verübt hatten. Mehrere Delegierte drohten, die Konferenz zu boykottieren, wenn von ihnen erwartet werde, bei so widerwärtigen Geschichten stillzusitzen. Was sollte denn das nun wieder?

»Was Erwachsene Erwachsenen angetan hatten, ließ keinen Zweifel daran, daß die menschliche Rasse ausgerottet werden sollte«, sagte Trout. »Bis zum Überdruß aufzuwärmen, was Erwachsene Kindern angetan hatten, hätte aber geheißen, des Guten zuviel zu tun.«

Der Stickstoff weinte über seine unbeabsichtigte Hilfeleistung als Teil von KZ-Wächtern und -Ärzten im Zweiten Weltkrieg. Das Kalium erzählte haarsträubende Geschichten über die spanische Inquisition, das Kalzium über römische Zirkusspiele und der Sauerstoff über Versklavung von Schwarzafrikanern.

Das Natrium sagte, genug sei genug, jede weitere Aussage heiße, Eulen nach Athen tragen. Es beantragte, alle in der medizinischen Forschung Verwendung findenden Chemikalien sollten, wann immer möglich, zusammenarbeiten, um die Entwicklung immer wirksamerer Antibiotika zu ermöglichen. Diese wiederum würden die Krankheitsorganismen zur Bildung neuer Sorten anregen, welche den Antibiotika gegenüber resistent seien.

In Nullkommanix, sagte das Natrium voraus, werde jede menschliche Krankheit, einschließlich Akne und Jucken im Schritt, nicht nur unheilbar, sondern tödlich sein. »Wie sie bei der Geburt des Universums waren, frei von Sünde, werden alle Elemente wieder sein.«

Das Eisen und das Magnesium unterstützten den Antrag des Natriums. Der Phosphor bat um Abstimmung. Der Antrag wurde durch Akklamation angenommen.

13

Kilgore Trout befand sich an Heiligabend im Jahre 2000 genau ein Haus weiter neben der Akademie der Künste, als Zoltan Pepper zu seiner Frau sagte, man bekomme heutzutage seinen Kopf mit der Pinzette überreicht anstatt auf einem silbernen Tablett. Trout konnte ihn nicht hören. Er war durch dickes Mauerwerk von dem paraplegischen Komponisten getrennt, welcher sich gerade über die offenkundige Manie ausließ, Menschen mit Maschinen wetteifern zu lassen, die schlauer waren als sie selbst.

Pepper stellte diese rhetorische Frage: »Warum ist es so wichtig, daß wir uns alle mit einer solchen Raffinesse und zu so hohen Kosten demütigen lassen? So toll fanden wir uns doch sowieso nie.«

Trout saß auf seinem Feldbett in einer Unterkunft für obdachlose Männer, die einst das Museum des Indianers gewesen war. Der wohl produktivste Autor von Kurzgeschichten in der Geschichte der Menschheit war von der Polizei aufgegriffen worden, als diese eine Razzia auf die New York Public Library, Fifth Avenue Ecke 42nd Street, veranstaltete. Er und etwa dreißig andere dort Wohnhafte, die Trout »Heiliges Rindvieh« nannte, wurden mit einem schwarzen Schulbus abtransportiert und dann ganz-ganz-weit-oben-und-dann-noch-ein-ziemliches-Stück in der Unterkunft in der West 155th Street deponiert.

Das Museum des Indianers hatte den Müll überwältigter Eingeborener sowie Dioramen, welche zeigten, wie sie gelebt hatten, bevor die Kacke angefangen hatte zu dampfen, in eine sicherere Gegend in der Innenstadt geschafft, und zwar fünf Jahre vor Trouts Ankunft.

Er war jetzt vierundachtzig Jahre alt und hatte an diesem 11. November 2000 einen weiteren Meilenstein passiert. Er sollte am Labor Day, dem ersten Montag im September des Jahres 2001, sterben, immer noch vierundachtzig Jahre alt. Aber durch das Zeitbeben sollten er und wir alle ebenfalls noch einen unerwarteten *Bonus*, wenn man das so nennen kann, von weiteren zehn Jahren kriegen.

Er sollte, nachdem die Wiederholung vorüber war, einen nie zu vollendenden Memoirenband darüber schreiben, mit dem Titel *Meine zehn Jahre auf Autopilot*: »Hören Sie, wenn das kein Zeitbeben ist, was uns da durch ein Astloch nach dem andern zerrt, dann ist es was andres, was genauso gemein und mächtig ist.«

»Er war ein Mann«, schrieb ich in *Zeitbeben Eins,* »ein Einzelkind, dessen Vater, ein College-Professor in Northampton, Massachusetts, seine Mutter ermordet hat, als der Mann erst zwölf Jahre alt war.«
Ich schrieb, Trout sei ein Landstreicher gewesen, der seine Geschichten wegschmiß, anstatt sie zur Veröffentlichung einzuschicken, und zwar seit Herbst 1975. Ich schrieb, das sei nach der Nachricht vom Tode seines einzigen Kindes geschehen; Leon war beim United States Marine Corps gewesen und war desertiert. Er sei, schrieb ich, versehentlich bei einem Werftunfall in Schweden enthauptet worden, wo ihm politisches Asyl gewährt worden sei und wo er als Schweißer gearbeitet habe.
Ich schrieb, Trout sei neunundfünfzig gewesen, als er loszog, und habe erst wieder ein Zuhause gehabt, als man ihm, kurz vor seinem Tode, die Ernest-Hemingway-Suite im Schrifstellerheim in Rhode Island gab, im Xanadu.

Als er im früheren Museum des Indianers einzog, einer ehemaligen Stätte des Gedenkens an den umfassendsten und nachhaltigsten Völkermord, den die Geschichte kennt, brannten ihm die »Schwestern B-36« ein Loch in die Tasche, sozusagen. Er hatte die Geschichte unten in der Public Library fertiggeschrieben, aber die Polizei hatte ihn in Gewahrsam genommen, bevor er sie hatte loswerden können.

Also ließ er seinen Mantel aus Marine-Restbeständen an, als er dem Verwalter der Unterkunft sagte, er heiße Vincent van Gogh und habe keine lebenden Verwandten. Dann ging er wieder hinaus, und es war so kalt, daß sich, wie man so schön sagt, ein Messingaffe die Eier abgefroren hätte, und warf das Manuskript in den deckellosen Müllbehälter aus Draht, der an einen Hydranten vor der Amerikanischen Akademie der Künste gekettet und mit einem Vorhängeschloß gesichert war.

Als er in die Unterkunft zurückkam, nach einer Abwesenheit von zehn Minuten, sagte der Verwalter zu ihm: »Wo hast du denn gesteckt? Wir haben dich schon vermißt, Vince.« Und er sagte ihm, wo sein Feldbett stand. Es stand mit dem Kopfende an der gemeinsamen Mauer zwischen Unterkunft und Akademie.

Auf der anderen Seite, in der Akademie, hing über Monica Peppers Rosenholzschreibtisch ein Gemälde an der nämlichen Wand, welches einen ausgebleichten Kuhschädel im Wüstensand zeigte und von Georgia O'Keeffe war. Auf Trouts Seite, direkt über dem Kopfende seines Feldbetts, hing ein Plakat, welches ihm mitteilte, er möge seinen Dingdong nie in irgendwas reinstecken, ohne vorher ein Kondom übergezogen zu haben.

Nachdem das Zeitbeben zugeschlagen hatte und als die Wiederholung endlich vorbei war und der freie Wille wieder voll reingehauen hatte, lernten Trout und Monica sich kennen. Ihr Schreibtisch hatte zufällig einst dem Romancier Henry James gehört. Ihr Stuhl hatte dem Komponisten und Dirigenten Leonard Bernstein gehört.

Als Trout kapierte, wie nah während der einundfünfzig Tage vor dem Zeitbeben sein Feldbett ihrem Schreibtisch gewesen war, bemerkte er folgendes: »Hätte ich eine Panzerfaust gehabt, hätte ich ein Loch in die Mauer zwischen uns beiden gesprengt. Wenn ich damit nicht einen von uns oder alle beide umgebracht hätte, hätte ich Sie gefragt: ›Was macht denn ein nettes Mädchen wie Sie in so einem Laden?‹«

14

Ein Penner auf einem Feldbett neben Trouts Feldbett wünschte ihm frohe Weihnachten. Trout erwiderte: »Klingeling! Klingeling!«

Es war Zufall, daß diese Replik dem Feiertag angemessen ausfiel, da sie, könnte man vermuten, auf die Glöckchen am Schlitten des Weihnachtsmanns auf einem Dach anspielten. Aber Trout hätte zu jedem »Klingeling« gesagt, der ihm einen inhaltsleeren Gruß entboten hätte wie »Wie geht's?« oder »Schönes Wetter heute«, egal, zu welcher Jahreszeit.

Ja nach Körpersprache und Tonfall und sozialen Umständen konnte er es tatsächlich so klingen lassen, daß es »Danke ebenfalls!« bedeutete. Es konnte aber auch, wie das *aloha* des Hawaiianers, »Guten Tag« oder »Lebe wohl« bedeuten. Der alte Science-fiction-Autor konnte es auch »Bitte« oder »Danke« bedeuten lassen oder »Ja« oder »Nein« oder »Sie haben ja so recht« oder: »Wäre dein Hirn aus Dynamit, würde die Sprengladung nicht ausreichen, daß dir der Hut hochgeht.«

Ich fragte ihn in Xanadu im Sommer 2001, wie »Klingeling« zu einer so häufig gebrauchten *appoggiatura*, zu einem Stütz- oder Zierton, in seinen Gesprächen geworden war. Er gab mir eine Erklärung, die sich später als oberflächlich herausstellen sollte. »Ich habe das im Krieg immer gerufen«, sagte er, »wenn ein Artilleriesperrfeuer, das ich angefordert hatte, voll im Ziel gelandet war: ›Klingeling! Klingeling!‹«

Etwa eine Stunde später, am Nachmittag vor dem Strandpicknick, winkte er mich mit gekrümmtem Finger in seine Suite. Er schloß die Tür hinter uns. »Wollen Sie wirklich wissen, was es mit ›Klingeling‹ auf sich hat?« fragte er mich.

Ich war bereits mit seiner ersten Darstellung zufrieden gewesen. Trout wollte, daß ich mehr erfuhr, viel mehr. Meine vorher geäußerte unschuldige Frage hatte bei ihm Erinnerungen an seine schreckliche Kindheit in Northampton ausgelöst. Er konnte sie nur austreiben, indem er sie erzählte.

»Mein Vater hat meine Mutter ermordet«, sagte Kilgore Trout, »als ich zwölf Jahre alt war.«

»Ihre Leiche war in unserem Keller«, sagte Trout, »aber ich wußte nur, daß sie verschwunden war. Vater schwor, er habe keine Ahnung, wo sie geblieben sei. Er sagte, wie es Gattenmörder häufig tun, sie sei vielleicht Verwandte besuchen gegangen. Er hat sie am selben Vormittag umgebracht, nachdem ich zur Schule gegangen war.

Abends machte er für uns beide Abendessen. Vater sagte, er würde sie morgen früh bei der Polizei als vermißt melden, wenn wir bis dahin nichts von ihr hörten. Er sagte: ›In letzter Zeit war sie sehr müde und nervös. Ist dir das aufgefallen?‹

Er war wahnsinnig«, sagte Trout. »Wie wahnsinnig? Er kam um Mitternacht in mein Schlafzimmer. Er weckte mich. Er sagte, er müsse mir etwas Wichtiges sagen. Es war zwar nur ein schweinischer Witz, aber dieser arme, kranke Mann war zu der Überzeugung gelangt, er sei eine Parabel über die furchtbaren Schicksalsschläge, mit denen das Leben ihn bedacht habe. In dem Witz ging es um einen ausgebrochenen Sträfling, der sich im Haus einer Frau, die er kannte, vor der Polizei verstecken wollte.

Die Decke ihres Wohnzimmers war wie bei einer Kathedrale, das heißt, die Wände gingen bis zum Hausdach, und darunter spannten sich rustikale Dachbalken.« Trout verstummte, als hielte ihn die Geschichte so gefangen, wie sie einst seinen Vater gefangengehalten haben mußte.

Er fuhr fort, dort, in der Suite, zu Ehren des durch Selbstmord umgekommenen Ernest Hemingway benannt: »Sie war Witwe, und er zog sich nackt aus, während sie ging, um ihm etwas von ihrem verstorbenen Mann zum Anziehen zu holen. Doch bevor er sich anziehen konnte, hämmerte die Poli-

zei mit Schlagstöcken gegen die Haustür. Also versteckte sich der Ausbrecher auf einem der Dachbalken. Als die Frau die Polizei hereinließ, hingen jedoch seine übergroßen Hoden weithin sichtbar vom Balken herunter.«
Wieder verstummte Trout.

»Die Polizei fragte die Frau, wo der Typ sei. Die Frau sagte, sie habe keine Ahnung, von was für einem Typ die Rede sei«, sagte Trout. »Einer der Bullen sah die Hoden von einem Dachbalken herunterhängen und fragte, was das sei. Sie sagte, das seien chinesische Tempelglöckchen. Das hat er ihr geglaubt. Er sagte, chinesische Tempelglöckchen wollte er immer schon mal hören.

Er drosch mit seinem Schlagstock dagegen, aber es war nichts zu hören. Also haute er noch mal zu, diesmal viel heftiger. Wissen Sie, was der Typ auf dem Dachbalken schrie?« fragte mich Trout.

Ich sagte, ich wisse es nicht.

»Er schrie: ›KLINGELING, DU SCHEISSKERL!‹«

15

Die Akademie hätte mit ihren Angestellten und Schätzen in eine bessere Gegend ziehen sollen, als das Museum des Indianers mit seinen Andenken an den Völkermord umzog. Sie saß immer noch ganz-ganz-weit-oben-und-dann-noch-ein-ziemliches-Stück fest, inmitten von lauter Menschen, die ein Leben führten, das zu führen nicht lohnte, und das meilenweit in jede Richtung, denn ihre dezimierten und demoralisierten Mitglieder konnten sich nicht dazu aufraffen, einem Umzug zuzustimmen.

Um es mal ganz offen zu sagen: Die einzigen, denen es nicht egal war, was aus der Akademie wurde, waren die Angestellten, die Bürokräfte, das Reinigungspersonal, der Hausmeister und die bewaffneten Wachmänner. Nicht, daß sie von altmodischen Kunstfertigkeiten hingerissen gewesen wären. Sie brauchten die Jobs, gleichgültig, wie witzlos die Arbeit sein mochte, und erinnerten so an die Menschen während der Wirtschaftskrise der 30er Jahre, die es begrüßten, wenn sie überhaupt irgendeine Art von Arbeit bekamen.

Trout kennzeichnete die Sorte Arbeit, die er damals kriegen konnte, als »Vogelscheiße aus Kuckucksuhren entfernen«.

Die geschäftsführende Sekretärin der Akademie brauchte den Job auf jeden Fall. Monica Pepper, die meiner Schwester Allie so ähnlich sah, mußte sich und ihren Mann Zoltan, den sie mit einer Schwalbe vom Sprungbrett *hors de combat* gesetzt hatte, allein ernähren. Also hatte sie das Gebäude befestigt, indem sie die hölzerne Eingangstür durch eine halbzolldicke Panzerplatte ersetzt und diese mit einem Spion oder Guckloch versehen hatte, welches ebenfalls geschlossen und abgesperrt werden konnte.

Sie hatte nach Kräften alles getan, damit das Haus so verlassen und geplündert aussah wie die Ruinen der Columbia University zwei Meilen weiter südlich. Die Fenster waren, wie die Tür, mit stählernen Läden verrammelt, und die Fensterläden wiederum waren durch schieres Sperrholz getarnt, schwarz angestrichen und mit Graffiti besprüht, welche sich gleichmäßig über die gesamte Fassade hinzogen. Die Angestellten der Akademie hatten diese grelle Kunst am Bau erstellt. Monica hatte persönlich »FUCK ART!« in Orange und Lila quer über die stählerne Eingangstür gesprüht.

Nun begab es sich, daß ein afroamerikanischer bewaffneter Wachmann namens Dudley Prince durch den Spion jener Tür spähte, als Trout »Die Schwestern B-36« in den Abfallbehälter vor der Akademie warf. Penner, in Interaktion mit dem Behälter begriffen, waren weiß Gott keine Neuheit, aber Trout, welchen Prince nicht für einen Tippelbruder, sondern für eine Tippelschwester hielt, zog dort draußen eine ungewöhnliche Schau ab.

Und so war Trouts Erscheinungsbild, aus der Ferne betrachtet: Statt einer Hose trug er drei Schichten Thermal-Unterwäsche, welche die Form seiner Waden unter dem Saum seines Unisex-Mantels aus Marinerestbeständen enthüllten. Ja, und statt Stiefel trug er Sandalen, was ihm einen zusätzlichen femininen Anstrich verlieh, der durch das Kopftuch, aus einer mit roten Luftballons und blauen Teddybären bedruckten Babydecke geschlungen, noch unterstrichen wurde.

Trout redete und fuchtelte dort draußen auf den deckellosen Müllkorb aus Draht ein, als wäre dieser ein Lektor in einem altmodischen Verlag und als wäre sein vierseitiges gelbes Manuskript ein großer Roman, der sich verkaufen würde wie warme Semmeln. Er war nicht im entferntesten verrückt. Später sagte er über seine Darstellung: »Die Welt war es, die den Nervenzusammenbruch hatte. Ich hatte lediglich meinen Spaß innerhalb eines Albtraums und stritt mit einem imaginären Lektor über den Werbeetat und darüber, wer wen in der Verfilmung spielen und in welchen Talkshows ich auftreten sollte und so weiter; völlig harmloser komischer Scheiß.«

Sein Benehmen war so *outré*, daß eine echte Tippelschwester, die gerade vorbeikam, ihn fragte: »Bist du okay, Schatz?«

Worauf er mit großer Begeisterung erwiderte: »Klingeling! Klingeling!«

Als Trout jedoch in die Unterkunft zurückkehrte, entriegelte der bewaffnete Wachmann Dudley Prince die stählerne Eingangstür und stellte, von Langerweile und Neugier getrieben, das Manuskript sicher. Er wollte wissen, was da eine Tippelschwester, die, so sollte man meinen, jeden Grund hatte, Selbstmord zu begehen, so ekstatisch über Bord geworfen hatte.

16

Hier kommt jetzt, ob sie was taugt oder nicht und aus *Zeitbeben Eins*, Kilgore Trouts Erklärung des Zeitbebens und seiner zehn Jahre währenden Nachbeben in Form der Wiederholung, seinem unvollendeten Memoirenband *Meine zehn Jahre auf Autopilot* entnommen:

»Das Zeitbeben von 2001 war ein kosmischer Muskelkater in den Sehnen des Schicksals. Um – in New York City – 14:27 h am 13. Februar jenes Jahres erlitt das Universum eine Krise des Selbstvertrauens. Sollte es sich weiterhin ins Unendliche ausdehnen? Wozu?

Es zuckte vor Unentschlossenheit. Vielleicht ein Familientreffen, damals, als alles anfing, und dann noch mal den schönen, großen URKNALL.

Plötzlich schrumpfte es um zehn Jahre. Es zappte mich und alle anderen zurück zum 17. Februar 1991, um – für mich – 7:51 h und in eine Warteschlange vor einer Blutbank in San Diego, Kalifornien.

Aus Gründen, die es selbst am besten kennen muß, sagte das Universum jedoch das Familientreffen ab, zumindest vorläufig. Dann dehnte es sich wieder aus. Welche Fraktion, falls überhaupt eine, den entscheidenden Anteil daran hatte, ob geschrumpft oder expandiert würde, kann ich nicht sagen. Obwohl ich nun schon vierundachtzig Jahre lebe – oder vierundneunzig, wenn man die Wiederholung mitzählen will –, bleiben für mich viele Fragen unbeantwortet.

Daß die Wiederholung zehn Jahre dauerte, minus lediglich vier Tage, sagen jetzt einige, ist der Beweis, daß es Gott gibt, und daß Er ins Dezimalsystem eingeklinkt ist. Er hat zehn Finger und zehn Zehen, genau wie wir, sagen sie, und Er nimmt sie beim Rechnen zu Hilfe.

Ich habe meine Zweifel. Ich kann nichts dafür; so bin ich nun mal. Selbst wenn mein Vater, der Ornithologieprofessor

Raymond Trout am Smith College in Northampton, Massachusetts, nicht meine Mutter, Hausfrau und Poetin, ermordet hätte, wäre ich, glaube ich, so geworden. Anderseits habe ich die verschiedenen Religionen nie ernsthaft studiert und bin deshalb nicht in der Lage, qualifizierte Kommentare abzugeben. Mit Sicherheit weiß ich nur, daß fromme Muslime nicht an den Weihnachtsmann glauben.«

Am ersten der beiden 24. Dezember 2000 dachte der immer noch religiös empfindende afroamerikanische bewaffnete Wachmann Dudley Prince, Trouts »Schwestern B-36« könnte seine Botschaft von Gott dem HErrn Persönlich an die Akademie sein. Was nämlich dem Planeten Bubu zustieß, war letztlich nicht so grundverschieden von dem, was seinem eigenen Planeten und besonders seinen Arbeitgebern zuzustoßen schien, den Restmitgliedern der Akademie der Künste, ganz-ganz-weit-oben-und-dann-noch-ein-ziemliches-Stück in der West 155th Street, zwei Häuser westlich vom Broadway.

Trout lernte Prince kennen, genau wie er Monica Pepper und mich kennenlernte, nachdem die Wiederholung vorüber war und der freie Wille wieder voll reingehauen hatte. Durch das, was ihm das Zeitbeben angetan hatte, fand Prince die Vorstellung von einem weisen und gerechten Gott so verächtlich, wie meine Schwester sie gefunden hatte. Allie meinte einmal, nicht nur ihr, sondern jedes Menschen Leben betreffend: »Wenn es einen Gott gibt, ist er ein Menschenfeind. Mehr kann ich dazu nicht sagen.«

Als Trout davon hörte, wie ernst Prince am ersten Heiligabend 2000 »Die Schwestern B-36« genommen hatte, davon, daß Prince glaubte, eine Stadtstreicherin würde beim Wegschmeißen der gelben Manuskriptseiten eine solche Schau abziehen, um sicherzugehen, daß Prince sich fragen würde, was es damit auf sich habe, und sie an sich brachte, gab der alte Science-fiction-Autor folgenden Kommentar ab: »Absolut verständlich, Dudley. Für jedermann wie dich, der mal an

Gott geglaubt hat, ist es ein Klacks, an den Planeten Bubu zu glauben.«

Und nun hören Sie sich an, was Dudley Prince passieren sollte, einer monumentalen Verkörperung von Autorität und Anstand in der Uniform des Sicherheitsdienstes, der die belagerte Akademie rund um die Uhr beschützte, eine Pistole im Halfter an der Hüfte, nur einundfünfzig Tage vor dem ersten 24. Dezember 2000: Das Zeitbeben stand im Begriff, ihn zurück in eine Einzelzelle zu zappen, in *das Loch*, innerhalb der Mauern und Türme der *New York State Maximum Security Adult Correctional Facility*, den Hochsicherheitsknast für Erwachsene in Athena, sechzig Meilen südlich von seiner Vaterstadt Rochester, wo ihm ein kleiner Video-Verleih gehörte.

Zwar hatte ihn das Zeitbeben zehn Jahre jünger gemacht, aber in seinem Fall war das gar nicht so schön. Es bedeutete, daß er wieder zweimal lebenslänglich abzusitzen hatte, ohne Hoffnung auf Bewährung, wg. Vergewaltigung und Mord, begangen an einem zehnjährigen Mädchen, Tochter sino- und italo-amerikanischer Eltern, Kimberly Wang, in einer Crackraucherhöhle in Rochester. Er war aber vollkommen unschuldig!

Klar, daß Dudley sich zu Beginn der Wiederholung, wie wir alle, an alles erinnern konnte, was ihm während der nächsten zehn Jahre zustoßen würde. Er wußte, daß er in sieben Jahren anhand von DNS-Analysen des getrockneten Ejakulats am Schlüpfer des Opfers entlastet werden würde. Dies exkulpierende Beweisstück sollte ein zweites Mal, in einem Umschlag aus Spezialzellophan im begehbaren Tresor des Bezirksanwalts schmachtend, gefunden werden, welcher ihm die Tat angehängt hatte, weil er hoffte, zum Gouverneur nominiert zu werden.

Und, o ja, derselbe Bezirksstaatsanwalt sollte weitere sechs Jahre später mit Zementgaloschen an den Füßen auf dem

Grund des Cayuga-Sees gefunden werden. Prince sollte unterdessen abermals das Äquivalent eines Abendschulabiturs nachmachen und abermals Jesus zum Mittelpunkt seines Lebens erwählen und so weiter und so weiter.

Und dann, wieder auf freiem Fuß, sollte er wieder in Fernseh-Talkshows auftreten, wieder mit anderen Leuten, die ebenfalls aufgrund falscher Anklage eingesperrt und später rehabilitiert wurden, und in den Talkshows sollte er abermals sagen, der Knast sei das Beste, was ihm je widerfahren sei, denn dort habe er Jesus gefunden.

17

An einem der beiden 24. Dezember 2000, und es war nicht wichtig, an welchem, außer in der allgemeinen Einschätzung der Vorfälle, brachte der Ex-Knacki Dudley Prince »Die Schwestern B-36« in Monica Peppers Büro. Ihr Mann Zoltan saß in seinem Rollstuhl und sagte das Ende des Lesen- und Schreibenkönnens für die nicht allzu ferne Zukunft voraus.

»Der Prophet Mohammed konnte es nicht«, sagte Zoltan gerade. »Jesus, Maria und Josef konnten es wahrscheinlich auch nicht, Maria Magdalena schon gar nicht. Kaiser Karl der Große gestand, daß er es nicht konnte. Es war einfach zu schwer! Niemand in der gesamten westlichen Hemisphäre konnte es, selbst die kultivierten Mayas und Inkas und Azteken hatten keine Vorstellung davon, bis die Europäer kamen.

Auch die meisten Europäer konnten damals nicht lesen und schreiben. Die wenigen, die es konnten, waren Spezialisten. Ich versprech es dir, mein Schatz, dank dem Fernsehen wird das sehr bald wieder der Fall sein.«

Und dann sagte Dudley Prince, egal, ob in der Wiederholung oder nicht: »Entschuldigen Sie, aber ich glaube, da versucht uns jemand etwas zu sagen.«

Monica las schnell »Die Schwestern B-36«, mit wachsender Ungeduld, und erklärte das Manuskript für lächerlich. Sie gab es weiter an ihren Mann. Doch der kam nicht weiter als bis zum Namen des Autors und hielt wie elektrisiert inne. »Mein Gott, mein Gott«, rief er aus, »nachdem er sich ein Vierteljahrhundert lang völlig still verhalten hat, tritt nun Kilgore Trout wieder in mein Leben!«

Hier ist die Erklärung für Zoltan Peppers Reaktion: Als Zoltan im zweiten Jahr auf der Oberschule in Fort Lauderdale, Florida, gewesen war, hatte er aus einem der vielen

Science-fiction-Magazine, die sein Vater sammelte, eine Geschichte abgeschrieben. Er legte sie seiner Englischlehrerin, Mrs. Florence Wilkerson, als eigene Schöpfung vor. Es war eine der letzten Geschichten, die Kilgore Trout je einem Verleger vorgelegt hatte. Zu der Zeit, als Zoltan in die Quinta ging, war Trout bereits Penner.

In der plagiierten Geschichte ging es um einen Planeten, auf dem die kleinen grünen Männer und die kleinen grünen Frauen, alle mit nur einem Auge mitten auf der Stirn, nur dann etwas zu essen bekamen, wenn sie jemand anders Güter oder Dienstleistungen verkaufen konnten. Dem Planeten gingen die Kunden aus, und niemandem fiel etwas Vernünftiges dazu ein. Da verhungerten alle kleinen grünen Männer und alle kleinen grünen Frauen.

Mrs. Wilkerson äußerte den Verdacht des Plagiats. Zoltan gestand, da er annahm, was er getan hatte, sei eher komisch als schwerwiegend gewesen. Für ihn war Diebstahl geistigen Eigentums so schwerwiegend wie das, was Trout *aktives Trübsalblasen* genannt hätte, »Erregung öffentlichen Ärgernisses in Gegenwart einer blinden Person gleichen Geschlechts«.

Mrs. Wilkerson beschloß, Zoltan eine Lektion zu erteilen. Er mußte »ICH HABE KILGORE TROUT BESTOHLEN« vor versammelter Klasse an die Wandtafel schreiben. Dann mußte er eine Woche lang ein großes Pappschild mit dem Buchstaben P um den Hals tragen, wenn sie unterrichtete. Heutzutage könnte sie für so was verklagt werden, daß es nur so rauscht. Aber damals war damals, und jetzt ist jetzt.

Die Inspiration für das, was Mrs. Wilkerson dem jungen Zoltan Pepper antat, war natürlich *Der scharlachrote Buchstabe* von Nathaniel Hawthorne. In diesem Buch muß eine Frau ein großes A, wie *adultery* oder *Ehebruch*, auf dem Busen tragen, weil sie einen Mann, der nicht der ihre war, in ihren Geburtskanal ejakulieren ließ. Sie will nicht sagen, wie er heißt. Er ist *Prediger*!

Da Dudley Prince gesagt hatte, die Geschichte sei von einer Stadtstreicherin in den Abfallbehälter getan worden, zog Zoltan die Möglichkeit gar nicht in Betracht, daß es Trout selbst gewesen sein könnte. »Es könnte seine Tochter oder Enkelin gewesen sein«, spekulierte er. »Trout selbst muß schon vor Jahren gestorben sein. Ich hoffe es jedenfalls, und möge seine Seele in der Hölle faulen.«

Aber Trout war direkt nebenan! Es ging ihm ganz prima! Er war so erleichtert, weil er »Die Schwestern B-36« losgeworden war, daß er eine neue Geschichte angefangen hatte. Er hatte, seit er vierzehn war, alle zehn Tage eine Geschichte fertiggeschrieben, durchschnittlich. Das machte, sagen wir mal, sechsunddreißig pro Jahr. Diese hätte seine zweitausendfünfhundertste sein können! Sie spielte nicht auf einem anderen Planeten. Sie spielte in der Praxis eines Psychiaters in St. Paul, Minnesota.

Der Irrenarzt hieß genauso wie die Geschichte, und die Geschichte hieß »Dr. Schadenfreude«. Bei diesem Doktor mußten sich die Patienten auf die Couch legen und reden, soweit alles klar, aber sie durften nur über dummes oder verrücktes Zeug schwafeln, das völlig fremden Leuten in Supermarkt-Revolverblättern oder Fernseh-Talkshows passiert war.

Wenn ein Patient aus Versehen »ich« oder »mein« oder »mir« oder »mich« sagte, geriet Dr. Schadenfreude außer sich. Er schnellte von seinem viel zu dick gepolsterten Ledersessel empor. Er trampelte mit den Füßen. Er wedelte mit den Armen.

Er hielt sein zornrotes Gesicht dem Patienten direkt vor die Nase. Er knurrte und bellte Dinge wie diese: »Wann werden Sie je lernen, daß niemand sich einen feuchten Kehricht um Sie schert, um Sie, Sie, Sie, Sie langweiliges, unbedeutendes Stück Scheiße? Ihr Problem ist, daß Sie glauben, Sie gingen irgend jemanden was *an*! Schlagen Sie sich das aus dem Kopf, oder machen Sie, daß Sie, verdammtekackenochmal, hier rauskommen!«

18

Ein Penner auf dem Feldbett neben dem Feldbett von Trout fragte ihn, was er da schreibe. Es war der erste Absatz von »Dr. Schadenfreude«. Trout sagte, es sei eine Geschichte. Der Penner sagte, vielleicht könne er etwas Geld von den Leuten ein Haus weiter kriegen. Als Trout hörte, daß ein Haus weiter die Amerikanische Akademie der Künste war, sagte er: »Von mir aus kann es auch gern ein Seminar für angehende chinesische Herrenfriseure sein. Ich schreibe keine Literatur. Und Literatur ist das einzige, was diese Hei-tei-tei-Affen ein Haus weiter anmacht.

Diese kunstgewerblichen Einfaltspinsel ein Haus weiter erschaffen mit Tinte auf Papier lebendige, atmende, dreidimensionale Charaktere«, fuhr er fort. »Wunderbar! Als stürbe der Planet nicht sowieso bereits daran, daß er drei Milliarden lebendige, atmende, dreidimensionale Charaktere zuviel hat!«

Die einzigen Leute ein Haus weiter waren natürlich Monica und Zoltan Pepper und die Drei-Mann-Schicht bewaffneter Wachmänner, angeführt von Dudley Prince. Monica hatte ihren Schreib- und Putzkräften für allerletzte Weihnachtseinkäufe den Tag freigegeben. Zufällig waren alle Christen oder Agnostiker oder Abtrünnige.

Die bewaffneten Wachmänner, welche Nachtschicht hatten, waren ausschließlich Muslime. Wie Trout später in Xanadu in seiner Geschichte *Meine zehn Jahre auf Autopilot* schrieb: »Muslime glauben nicht an den Weihnachtsmann.«

»In meiner gesamten Laufbahn als Schriftsteller«, sagte Trout im ehemaligen Museum des Indianers, »habe ich nur einen einzigen lebendigen, atmenden, dreidimensionalen Charakter erschaffen, und zwar mit meinem Dingdong in einen Geburtskanal hinein. Klingeling!« Er bezog sich auf seinen Sohn

Leon, den Marine, der in Zeiten des Krieges desertiert und in der Folge auf einer schwedischen Werft enthauptet worden war.

»Hätte ich meine Zeit mit der Erschaffung von Charakteren vergeudet«, sagte Trout, »wäre ich nie dazu gekommen, die Aufmerksamkeit auf die wirklich wichtigen Dinge zu lenken: unwiderstehliche Naturgewalten und grausame Erfindungen und irrwitzige Ideale und Regierungen und Wirtschaftssysteme, die so funktionieren, daß sich Helden und Heldinnen nur noch vorkommen können wie etwas, was die Katze angeschleppt hat.«

Trout hätte sagen können, und von mir kann man das ebenfalls sagen, daß er eher *Karikaturen* erschaffen hat als Charaktere. Diese Feindseligkeit gegenüber der sogenannten *Mainstream-Belletristik* hatte er übrigens nicht allein gepachtet. Die gehörte bei Science-fiction-Autoren dazu.

19

Genaugenommen waren viele von Trouts Geschichten, wenn man von den unglaubwürdigen Figuren absieht, gar keine Science-fiction. »Dr. Schadenfreude« war keine Science-fiction-Geschichte, es sei denn, man ist humorlos genug, Psychiatrie als Naturwissenschaft anzusehen. Das Manuskript, welches er nach »Dr. Schadenfreude« im Müllbehälter vor der Akademie deponierte, während das Zeitbeben immer näher rückte, »Bunker-Bingo-Party«, war ein Schlüsselroman.

Er spielte in Adolf Hitlers geräumigem Bunker unter den Trümmern von Berlin, Deutschland, gegen Endes des Zweiten Weltkriegs in Europa. In dieser Geschichte nennt Trout seinen Krieg – und meinen Krieg ebenfalls – den »zweiten mißglückten Selbstmordversuch der westlichen Zivilisation«. In Gesprächen sagte er das auch, und einmal fügte er, in meiner Gegenwart, hinzu: »Triffst du nicht mit dem ersten Strahl, klappt's sicher später doch noch mal.«

Panzer und Infanterie der Sowjetunion sind nur noch ein paar hundert Meter von der eisernen Bunkertür zu ebener Erde entfernt. »Hitler, der unten in der Falle sitzt, das abscheulichste Menschenwesen, das je gelebt hat«, schrieb Trout, »ist so verwirrt, daß er nicht weiß, ob er scheißen oder blind werden soll. Außer ihm sind da unten noch seine Geliebte Eva Braun und ein paar enge Freunde, einschließlich Joseph Goebbels, sein Propagandaminister, sowie Goebbels' Frau und Kinder. Weil er sonst nichts zu tun hat, was seine Entschlußfreudigkeit beweisen könnte, macht Hitler Eva einen Heiratsantrag. Sie nimmt an!«

An dieser Stelle der Geschichte stellt Trout diese rhetorische Frage, ein *(Beiseite:)*, mit einem Absatz ganz für sich allein:

»Scheiß drauf; na und?«

Jeder und jede vergißt während der Trauungszeremonie seine oder ihre Sorgen. Nachdem der Bräutigam jedoch die Braut geküßt hat, flacht die Party wieder ab. »Goebbels hat einen Klumpfuß«, schrieb Trout. »Aber Goebbels hatte schon immer einen Klumpfuß. Das ist nicht das Problem.«

Goebbels fällt ein, daß seine Kinder das Spiel Bingo mitgebracht haben. Man hatte es etwa vier Monate zuvor während der Ardennenoffensive unversehrt von amerikanischen Soldaten erbeutet und gefangengenommen. Ich wurde ebenfalls während dieser Schlacht unversehrt erbeutet und gefangengenommen. Deutschland hat, um seine Ressourcen zu schonen, die Herstellung eigener Bingo-Spiele eingestellt. Deshalb und weil die Erwachsenen im Bunker während Hitlers Aufstieg so beschäftigt waren und während seines Falls immer noch beschäftigt sind, sind die Goebbelsgören die einzigen, die wissen, wie man das Spiel spielt. Sie haben das von einem Nachbarskind gelernt, dessen Familie noch ein Vorkriegsbingo besaß.

In der Geschichte kommt es zu dieser erstaunlichen Szene: Ein Junge und ein Mädchen, welche die Bingo-Regeln erklären, werden für die sie umringenden Nazi-Größen in voller Aufmachung, Adolf Hitler, voll gaga, eingeschlossen, zum Mittelpunkt des Universums.

Daß wir ein Exemplar von »Bunker-Bingo-Party« und von den vier anderen Geschichten besitzen, die Trout vor der Akademie weggeschmissen hat, bevor das Zeitbeben zuschlug, verdanken wir Dudley Prince. Beim erstenmal jedoch, als das Jahrzehnt noch Originalmaterial war, glaubte er weiterhin, im Gegensatz zu Monica Pepper, eine Stadtstreicherin verwende den Müllbehälter als Briefkasten, wohl wissend, daß er ihre verrückten Tänze durch den Spion in der stählernen Eingangstür beobachtete.

Prince stellte jede Geschichte sicher und grübelte über sie nach und hoffte, in ihr die wichtige kodierte Botschaft einer höheren Macht zu entdecken. Nach Schichtende war er schließlich, egal, ob in der Wiederholung oder nicht, auch nur ein einsamer Afroamerikaner.

20

Im Sommer des Jahres 2001 überreichte Dudley Prince in Xanadu Trout das Bündel Geschichten, welche Trout längst seitens der Müllabuhr eingeäschert oder begraben oder weit vor der Küste versenkt wähnte, bevor ein anderer als er selbst sie gelesen hatte. Wie er mir schilderte, durchblätterte Trout die speckigen Seiten mit Widerwillen, während er im Schneidersitz und nackt auf seinem King-Size-Bett in der Ernest-Hemingway-Suite saß. Es war ein heißer Tag. Er kam gerade aus dem Whirlpool.

Doch dann fiel sein Blick auf die Szene, in welcher zwei antisemitische Kinder hochrangigen Nazis in ihren wahnwitzig theatralischen Uniformen Bingo beibringen. Voll erstaunter Bewunderung für etwas, was er selbst geschrieben hatte (und Trout hatte sich nie für einen nennenswerten Schriftsteller gehalten), lobte er die Szene als ein Echo auf diese Prophezeiung aus dem Buch Jesaja:

»Die Wölfe werden bei den Lämmern wohnen und die Parder bei den Böcken liegen. Ein kleiner Knabe wird Kälber und junge Löwen und Mastvieh miteinander treiben.«

Mastvieh ist natürlich zum Schlachten da.

»Ich habe diese Szene gelesen«, sagte Trout zu Monica und zu mir, »und ich habe mich gefragt: ›Wie hab ich das verdammt noch mal *gemacht*?‹«

Das war nicht das erstemal, daß ich jemanden, der ein bemerkenswertes Stück Arbeit geleistet hatte, diese wunderbare Frage stellen hörte. In den 60er Jahren, lange, lange vor dem Zeitbeben, hatte ich ein riesengroßes altes Haus in Barnstable Village auf Cape Cod, wo meine erste Frau, Jane Marie Vonnegut, geb. Cox, und ich vier Jungen und zwei Mädchen großzogen. Der rechtwinklige Anbau, in dem ich schrieb, fiel allmählich auseinander.

Ich ließ ihn komplett abreißen und wegschaffen. Ich heuerte meinen gleichaltrigen Freund Ted Adler, einen geschickten Alleskönner, an, damit er mir einen neuen baute, genau wie der alte. Ted baute die Formen für die Betonsockel ganz allein. Ted überwachte, wie die fertige Mischung aus der Zementmaschine in die Formen gekippt wurde. Er persönlich legte Zementblöcke auf die Sockel. Er baute die Rahmen für den Überbau, verschalte, verkleidete und zog Seitenwände ein. Er deckte das Dach mit Schindeln und verlegte die elektrischen Leitungen. Er hängte Fenster und Türen ein, und innen verlegte er die Fliesen.

Die Fliesen waren der letzte Schritt. Ich selbst wollte außen und innen streichen. Ich hatte Ted gesagt, wenigstens soviel wollte ich tun, sonst hätte er das auch noch gemacht. Als er fertig war und auch noch jeden Splitter, den ich nicht als Anzündholz wollte, zum Müll gefahren hatte, nahm er mich, plazierte mich neben sich, damit wir den neuen Anbau aus zehn Metern Entfernung betrachten konnten.

Und dann stellte er die Frage: »Wie hab ich das verdammt noch mal ge*macht*?«

Diese Frage ist auch jetzt noch, im Sommer 1996, eins meiner drei Lieblingszitate. Die anderen zwei von den dreien sind eher Fragen als irgendein guter Rat. Die zweite hat Jesus Christus gestellt: »Wer sagen die Leute, daß ich sei?«

Die dritte ist von meinem Sohn Mark, Kinderarzt und Aquarellmaler und Sax-Spieler. Ich habe ihn bereits in einem anderen Buch zitiert: »Wir sind alle hienieden, um einander auf dem Weg durch dieses... äh... na, egal, was es ist, behilflich zu sein.«

Man könnte einwenden: »Mein lieber Dr. Vonnegut, wir können nicht alle Kinderärzte sein.«

In »Bunker-Bingo-Party« spielen die Nazis Bingo, während der Propagandaminister, wahrscheinlich der effizienteste Kommunikator in der Geschichte, die Koordinaten der Gewinner- oder Verlierer-Quadrate auf den Spielkarten ausruft. Das Spiel erweist sich als ebenso beruhigend für Kriegsverbrecher, die tief im Aa stecken, wie immer noch für harmlose alte Muttchen auf dem Weihnachtsbasar.

Mehrere der Kriegsverbrecher sind Träger des Eisernen Kreuzes, was nur solche Deutschen wurden, die in einer Weise Tapferkeit vor dem Feind an den Tag gelegt hatten, daß sie als Psychopathen einzustufen sind. Hitler trägt auch eins. Er hat es sich als Gefreiter während des ersten mißglückten Selbstmordversuchs der westlichen Zivilisation verdient.

Ich war während des zweiten verpfuschten Versuchs, alldem ein Ende zu bereiten, Obergefreiter. Wie Ernest Hemingway habe ich nie einen Menschen erschossen. Vielleicht ist Hitler dieser große Trick auch nie gelungen. Er bekam die höchste Auszeichnung seines Landes nicht dafür, daß er viele Menschen umgebracht hat. Er bekam sie dafür, daß er so ein tapferer Meldegänger war. Nicht jeder auf einem Schlachtfeld muß sich ausschließlich aufs Töten konzentrieren. Ich selbst war Nachrichten- und Aufklärungskundschafter und begab mich an Orte, welche die Unsrigen noch nicht erobert hatten, um nach Feinden zu suchen. Ich sollte sie gar nicht bekämpfen, wenn ich sie gefunden hatte. Ich sollte unbemerkt und am Leben bleiben, damit ich meinen Vorgesetzten sagen konnte, wo sie waren und was sie wohl gerade trieben.

Es war Winter, und ich persönlich errang die zweitniedrigste Auszeichnung meines Landes, ein Verwundetenabzeichen, ein *Purple Heart* für Frostbeulen.

Als ich aus meinem Krieg nach Hause kam, hieb mir mein Onkel Dan auf den Rücken und brüllte: »Jetzt bist du ein *Mann*!«

Um ein Haar hätte ich meinen ersten Deutschen umgebracht.

Um auf Trouts Schlüsselroman zurückzukommen: Als gäbe es doch noch einen Gott im Himmel, ist es der Führer, welcher »BINGO!« schreit. Adolf Hitler hat gewonnen! Ungläubig sagt er, natürlich auf deutsch: »Ich kann es nicht glauben! Ich habe dieses Spiel noch nie gespielt, und doch habe ich gewonnen, habe ich *gewonnen*! Es muß sich um ein Wunder handeln!« Er ist römisch-katholisch.

Er erhebt sich von seinem Stuhl am Tisch. Seine Augen sind immer noch auf die siegbringende Karte, die vor ihm liegt, geheftet, »als wäre sie«, so Trout, »ein Fetzen von Christi Leichentuch in Turin«. Dieser Scheißkerl sagt: »Das kann doch nur bedeuten, daß die Dinge so schlecht gar nicht stehen.«

Eva Braun verdirbt alles, indem sie eine Zyankalikapsel schluckt. Goebbels' Frau hat sie ihr zur Hochzeit geschenkt. Frau Goebbels hatte mehr, als sie für den engeren Familienkreis brauchte. Trout schrieb über Eva Braun: »Ihr einziges Verbrechen bestand darin, daß sie einem Ungeheuer gestattete, in ihren Geburtskanal zu ejakulieren. So was passiert den besten Frauen.«

Eine kommunistische 240-mm-Haubitzengranate explodiert oben auf dem Bunker. Von der erbebenden Decke rieseln Verputzflocken auf die betäubten Insassen. Hitler reißt persönlich einen Witz und beweist, daß er seinen Humor noch nicht eingebüßt hat. »Es schneit«, sagt er. Das ist außerdem eine poetische Umschreibung dafür, daß es höchste Zeit ist, sich umzubringen, wenn er nicht der Superstar im Käfig einer reisenden Monstrositätenschau werden will, der Höhepunkt nach der Bärtigen Dame und dem Wilden Mann, der einem lebenden Huhn den Kopf abbeißt.

Er hält sich eine Pistole an den Kopf. Alle sagen: »Nein, nein, nein.« Er überzeugt alle davon, daß es das würdigste ist, sich zu erschießen. Wie sollten seine letzten Worte lauten? Er sagt: »Wie wär's mit ›Ich bereue nichts‹?«

Goebbels erwidert, so eine Aussage sei zwar angemessen, die Pariser Cabaret-Vortragskünstlerin Edith Piaf habe sich aber bereits weltweit damit einen Namen gemacht, daß sie ebendiese Worte seit Jahrzehnten auf französisch singe. »Ihr Spitzname«, sagte Goebbels, »lautet ›Der Spatz von Paris‹. Sie wollen doch wohl nicht, wenn mich nicht alles trügt, als Sperling in die Geschichte eingehen.«

Hitler hat seinen Humor noch immer nicht eingebüßt. Er sagt: »Wie wär's mit ›BINGO‹?«

Aber er ist erschöpft. Wieder hält er sich die Pistole an den Kopf. Er sagt: »Ich hatte ohnehin nicht darum gebeten, geboren zu werden.« Die Pistole macht: »PÄNG!«

21

Ich bin Ehrenpräsident der American Humanist Association, was so eine Art Freidenkerverein ist, dessen Hauptquartier in Amherst, New York, ich nie gesehen habe. Ich folgte dem verstorbenen Autor und Biochemiker Dr. Isaac Asimov in diesem funktionslosen Amt. Daß wir eine Organisation haben, ein langweiliges Geschäft, ist, damit andere erfahren, daß wir zahlreich sind. Wir würden lieber unser Leben als Humanisten führen und nicht darüber reden oder nicht mehr darüber nachdenken, als wir über das Atmen nachdenken.

Humanisten versuchen, sich anständig und ehrenhaft zu benehmen, ohne dafür in einem Leben nach dem Tode Lohn oder Strafe zu erwarten. Der Schöpfer des Weltenalls ist uns bisher unfaßbar geblieben. Wir dienen, so gut wir können, der höchsten Abstraktion, die wir einigermaßen begreifen, und das ist unsere Gemeinschaft.

Sind wir Feinde der Mitglieder organisierter Religionen? Nein. Mein großartiger Kriegskumpel Bernard V. O'Hare, inzwischen tot, verlor seinen Glauben als römisch-katholischer Christ im Zweiten Weltkrieg. Das mochte ich gar nicht. Ich fand, das war ein zu großer Verlust.

Ich hatte nie so einen Glauben, weil ich von interessanten und moralischen Menschen großgezogen wurde, die, wie Thomas Jefferson und Benjamin Franklin, nichtsdestotrotz dem skeptisch gegenüberstanden, was, laut den Priestern, Sache war. Aber ich wußte, daß Bernie etwas Wichtiges und Ehrenhaftes eingebüßt hatte.

Wie gesagt, das gefiel mir nicht, das gefiel mir nicht, weil ich *ihn* so mochte.

Vor ein paar Jahren sprach ich bei der Humanist Association anläßlich eines Gedenk»gottes«dienstes zu Ehren von Dr. Asimov. Ich sagte: »Jetzt ist Isaac im Himmel.« Das war das Komischste, was ich zu einem Publikum von lauter Humanisten sagen konnte. Sie wälzten sich vor Lachen auf dem Mittelgang. Der Saal war wie in der Kriegsgerichtsszene in Trouts »Nichts zu lachen«, kurz bevor der Pazifische Ozean sich auftat, um die dritte Atombombe und die *Joy's Pride* und alles andere zu verschlingen.

Wenn ich selbst, was Gott verhüten möge, mal tot bin, hoffe ich, daß irgendein Witzbold über mich sagt: »Jetzt ist er im Himmel.«

Ich schlafe gern. In einem anderen Buch habe ich ein neues Requiem zu einer alten Melodie veröffentlicht, in welchem ich sagte, es sei gar nicht übel, sich Schlaf als Leben nach dem Tode zu wünschen.

Ich finde nicht, daß es oben im Himmel weitere Folterkammern und Bingo-Partien geben müßte.

Gestern, am 3. Juli 1996, bekam ich einen schön formulierten Brief von einem Manne, der ohnehin nicht darum gebeten hatte, geboren zu werden, und der Gefangener unseres unvergleichlichen Systems von Besserungsanstalten ist, schon seit vielen Jahren, zuerst als jugendlicher Straftäter und dann als ausgewachsener Straftäter. Nun steht er kurz davor, in eine Welt entlassen zu werden, in der er weder Freunde noch Verwandte hat. Gleich wird der freie Wille wieder voll reinhauen, nach einem Hiatus von ziemlich viel mehr als einem Jahrzehnt. Was soll er tun?

Ich, der Ehrenpräsident des Amerikanischen Freidenkervereins, habe ihm heute zurückgeschrieben: »Treten Sie einer Kirche bei.« Ich habe ihm das geraten, denn mehr als alles andere braucht so ein erwachsenes Waisenkind so etwas wie eine Familie.

Den Humanismus könnte ich so jemandem nicht empfehlen; der überwältigenden Bevölkerungsmehrheit auf diesem Planeten ebenfalls nicht.

Der deutsche Philosoph Friedrich Wilhelm Nietzsche, welcher Syphilis hatte, meinte, nur ein tiefgläubiger Mensch könne sich den Luxus religiöser Skepsis leisten. Humanisten, im großen und ganzen gebildete Angehörige der wohlhabenden Mittelschicht, die, wie ich, ein ausgefülltes und lohnendes Leben führen, finden genug Verzückung im weltlichen Wissen und Hoffen. Den meisten Menschen gelingt das nicht.

Voltaire, der französische Autor von *Candide* und somit der Abraham der Humanisten, verbarg die Verachtung, die er gegenüber der römisch-katholischen Kirchenhierarchie empfand, vor seinen weniger gebildeten, einfältigeren und verängstigteren Angestellten, weil er wußte, was für ein Stabilisator ihre Religion für sie war.

Mit einiger Beklommenheit berichtete ich Trout im Sommer 2001 von dem Rat, den ich dem Mann gegeben hatte, der bald aus dem Gefängnis vertrieben werden sollte. Er fragte, ob ich wieder etwas von ihm gehört hätte, ob ich wisse, was in den dazwischenliegenden fünf Jahren aus ihm geworden sei bzw. in den dazwischenliegenden zehn Jahren, wenn man die Wiederholung mitzähle. Ich hatte und habe nichts mehr von ihm gehört.

Er fragte, ob ich selbst je versucht hätte, einer Kirche beizutreten, nur so aus Quatsch, um herauszufinden, wie so was war. *Er* hatte es versucht. Der Sache am nächsten gekommen sei ich, sagte ich, als meine zukünftige zweite Frau, Jill Krementz, und ich fanden, es wäre vielleicht ganz witzig und auch ganz schön protzig, in der kleinen Kirche um die Ecke zu heiraten, die zu allem Überfluß auch noch so heißt, *Little Church Around the Corner*, einem disneyeskem Gotteshaus der Episkopalkirche in der East 29th Street, gleich an der Ecke Fifth Avenue, in Manhattan.

»Als sie herausfanden, daß ich geschieden war«, sagte ich, »schrieben sie mir alle möglichen Bußtaten vor, bevor ich geläutert genug war, um dort getraut zu werden.«

»Na bitte«, sagte Trout. »Stellen Sie sich mal die ganze Hühnerkacke vor, durch die Sie durchmüßten, wenn Sie ein Ex-Knacki wären. Und wenn dieser arme Scheißkerl, der Ihnen geschrieben hat, wirklich eine Kirche gefunden hat, die ihn nimmt, kann er ganz leicht wieder ins Gefängnis kommen.«

»Weshalb?« fragte ich. »Weil er die Almosenbüchse geklaut hat?«

»Nein«, sagte Trout, »weil er Jesus Christus einen Gefallen tun wollte, indem er einen Arzt erschießt, der seinen Dienst in einer Abtreibungsmühle antritt.«

22

Ich weiß nicht mehr, was ich am Nachmittag des 13. Februar 2001 tat, als das Zeitbeben zuschlug. Es kann nicht viel gewesen sein. Auf jeden Fall habe ich nicht schon wieder ein Buch geschrieben. Ich war, Himmel noch mal, achtundsiebzig Jahre alt! Meine Tochter Lily war achtzehn!

Der alte Kilgore Trout schrieb jedoch noch. Er saß auf seinem Feldbett in dem Obdachlosenheim, wo alle dachten, er hieße Vincent van Gogh, und hatte gerade eine Geschichte über einen Londoner, welcher der Arbeiterklasse angehörte und Albert Hardy hieß, angefangen, und »Albert Hardy« hieß auch die Geschichte. Albert Hardy wurde 1896 geboren, mit dem Kopf zwischen den Beinen, und die Genitalien wuchsen ihm oben aus dem Hals heraus, und der Hals sah aus »wie ein Zucchino«.

Alberts Eltern brachten ihm bei, auf den Händen zu gehen und mit den Füßen zu essen. Dies geschah, damit sie seine Geschlechtsteile mit einer Hose verhüllen konnten. Die Geschlechtsteile waren nicht so übermäßig groß wie die Testikel des Ausbrechers in der Klingeling-Parabel von Trouts Vater. Darum ging es gar nicht.

Monica Pepper saß ein Haus weiter an ihrem Schreibtisch, nur wenige Dezimeter entfernt, aber sie hatten sich immer noch nicht kennengelernt. Sie und Dudley Prince und ihr Mann glaubten immer noch, beim Hinterleger von Geschichten im Müllbehälter vor der Akademie handele es sich um eine alte Frau; also konnte sie kaum nebenan wohnen. Am nächsten kamen sie der Wahrheit mit der Vermutung, sie komme aus dem Heim für mißhandelte alte Menschen in der Convent Avenue oder aus dem Entgiftungszentrum im Gemeindehaus des Johannisdoms, welches unisex war.

Monica selbst wohnte, mit Zoltan, in einem Apartment in Turtle Bay, einer sicheren Gegend sieben Meilen von der Akademie entfernt, in beruhigender Nähe zu den Vereinten Nationen. Sie ließ sich von einem Chauffeur in einer Stretch-Limousine, die wegen Zoltan rollstuhlfahrerkompatibel umgerüstet war, zur Arbeit fahren und von dort auch wieder abholen. Die Akademie war fabelhaft gut bei Kasse. Geld war kein Thema. Dank üppiger Spenden von altmodischen Kunstfreunden in der Vergangenheit war sie reicher als mehrere Mitglieder der Vereinten Nationen, einschließlich, aber sowieso, Mali, Swasiland und Luxemburg.

An diesem Nachmittag hatte Zoltan die Limousine. Er wollte Monica abholen. Sie wartete auf Zoltans Ankunft, als das Zeitbeben zuschlug. Es gelang ihm noch, bei der Akademie zu klingeln, bevor er zum 17. Februar 1991 zurückgezappt wurde. Dadurch wurde er zehn Jahr jünger und wieder *ganz*!

Nicht schlecht für die Reaktion einer Türklingel!

Als die Wiederholung jedoch vorüber war und der freie Wille wieder voll reinhaute, war jeder und alles genau da, wo es gewesen war, als das Zeitbeben zuschlug. Also war Zoltan wieder gelähmt auf dem Rollstuhl und klingelte wieder an der Tür. Er kapierte nicht, daß es plötzlich an ihm war zu entscheiden, was sein Finger als nächstes tun sollte. Sein Finger fuhr, mangels Anweisungen von ihm oder sonstwas, fort zu klingeln und zu klingeln und zu klingeln.

Dies tat der Finger immer noch, als Zoltan von einer außer Kontrolle geratenen Feuerwehr überfahren wurde. Der Fahrer hatte noch nicht kapiert, daß er das Ding *steuern* sollte.

Wie Trout in *Meine zehn Jahre auf Autopilot* schrieb: »Der freie Wille war's, der all den Schaden anrichtete. Das Zeitbeben und seine Nachbeben zerrissen nicht einmal einen einzigen Faden in einem Spinnennetz, es sei denn, irgendeine andere Kraft hätte den Faden schon beim erstenmal zerfetzt.«

Monica arbeitete am Etat für Xanadu, als das Zeitbeben zuschlug. Die Gelder für jenes Schriftstellerheim in Point Zion, Rhode Island, kamen von der Julius-King-Bowen-Stiftung und wurden von der Akademie verwaltet. Julius King Bowen, welcher starb, bevor Monica geboren wurde, war ein ledig gebliebener weißer Mann, der in den 20er Jahren mit Geschichten und Vorlesungen ein Vermögen gemacht hatte, in denen es um die urkomischen, aber auch anrührenden Anstrengungen ging, die amerikanische Schwarze unternahmen, um erfolgreiche amerikanische Weiße zu imitieren, so daß sie ebenfalls erfolgreich sein konnten.

Eine schmiedeeiserne historische Hinweistafel an der Grenze zwischen dem öffentlichen Badestrand von Point Zion und Xanadu besagte, Bowen habe auf diesem Herrensitz von 1922 bis zu seinem Tode 1936 gelebt und gearbeitet. Sie besagte, Präsident Warren G. Harding habe Bowen zum »Laureatus des Lachens der Vereinigten Staaten« ernannt, zum »Meister der Dialekte unserer dunkleren Mitbürger und zum Erben der Krone des Königs des Humors, einst getragen von Mark Twain«.

Wie Trout betonte, als ich die Tafel im Jahre 2001 las: »Warren G. Harding zeugte eine natürliche Tochter, indem er in einem Besenschrank des Weißen Hauses in den Geburtskanal einer Stenotypistin ejakulierte.«

23

Als Trout in eine Warteschlange vor der Blutbank in San Diego, Kalifornien, im Jahre 1991 zurückgezappt wurde, konnte er sich noch an das Ende seiner Geschichte über den Mann mit dem Kopf zwischen den Beinen und dem Dingdong am Hals, »Albert Hardy«, erinnern. Aber hinschreiben konnte er dies Finale zehn Jahre lang nicht, bis der freie Wille wieder voll reinhaute. Albert Hardy sollte als Soldat während der zweiten Sommeschlacht im Ersten Weltkrieg in Stücke gesprengt werden.

Albert Hardys Hundemarke wurde nie gefunden. Seine Körperteile wurden wieder zusammengesetzt, als wäre er wie jeder andere gewesen, mit dem Kopf am Hals. Sein Dingdong konnte ihm nicht zurückgegeben werden. Um ganz offen und ehrlich zu sein, wäre sein Dingdong ohnehin nie Gegenstand einer ausführlichen Suche gewesen.

Albert Hardy wurde unter einer ewigen Flamme in Frankreich beerdigt, im Grab des Unbekannten Soldaten, »endlich normal«.

Ich selbst wurde in dieses Haus nahe der Spitze von Long Island, New York, zurückgezappt, wo ich dies jetzt, auf halbem Wege durch die Wiederholung, schreibe. 1991 starrte ich, wie eben jetzt, auf eine Liste meiner sämtlichen veröffentlichten Werke und fragte mich: »Wie hab ich das verdammt noch mal *gemacht*?«

Ich kam mir so vor, wie ich mir jetzt vorkomme, wie Walfänger, die Herman Melville beschrieben hat, die nicht mehr sprachen. Sie hatten absolut alles gesagt, was sie je zu sagen imstande gewesen waren.

Im Jahre 2001 erzählte ich Trout von einem rothaarigen Freund aus Kindertagen, David Craig, heute Bauunternehmer in New Orleans, Louisiana, der in unserem Krieg einen Bronzestern dafür bekommen hat, daß er in der Normandie einen deutschen Panzer plattgemacht hat. Er und ein Kumpel stießen auf dies Stahlungeheuer, als es ganz allein in einem Waldstück geparkt stand. Der Motor lief nicht. Draußen war niemand. Drinnen spielte ein Radio volkstümliche Musik.

Dave und sein Kumpel gingen eine Panzerfaust holen. Als sie zurückkamen, stand der Panzer immer noch da. Im Panzer spielte ein Radio immer noch Musik. Sie beschossen den Panzer mit der Panzerfaust. Oben aus dem Turm quollen keine Deutschen heraus. Das Radio hörte auf zu spielen. Das war alles. Das war's.

Dave und sein Kumpel machten die Flatter.

Trout sagte, für ihn höre sich das so an, als hätten mein Freund aus Kindertagen und sein Kumpel den Bronzestern verdient. »Außer einem Radio hat er mit an Sicherheit grenzender Wahrscheinlichkeit auch Menschen umgebracht«, sagte er, »und ihnen so Jahre der Enttäuschungen und Langeweile im Zivilleben erspart. Er hat ihnen, um den englischen Dichter A. E. Housman zu zitieren, ermöglicht, ›in Ehren zu sterben und nie alt zu sein‹.«

Trout hielt inne, drückte das Oberteil seines Gebisses mit dem linken Daumen fest und fuhr dann fort: »Ich hätte einen Bestseller schreiben können, wenn ich die Geduld gehabt hätte, dreidimensionale Charaktere zu erschaffen. Die Bibel mag die bedeutendste Geschichte sein, die je erzählt wurde, aber die volkstümlichste Geschichte, die man überhaupt erzählen kann, handelt von einem gutaussehenden Paar, welches sich im Verlauf eines außerehelichen Beischlafs echt gut amüsiert und aus dem einen oder anderen Grunde damit aufhören muß. So was wird immer den Reiz des Neuen behalten.«

Das erinnerte mich an Steve Adams, einen der drei Söhne meiner Schwester Allie, die meine erste Frau Jane und ich adoptierten, nachdem Allies vom Pech verfolgter Mann Jim in einer Eisenbahn, die in New Jersey von einer offenen Zugbrücke fiel, und, zwei Tage später, Allie an Alleskrebs gestorben waren.

Als Steve während seines ersten Studienjahrs in Dartmouth in den Weihnachtsferien nach Hause kam, nach Cape Cod, war er den Tränen nahe, weil er gerade, von einem Professor dazu gezwungen, *In einem andern Land* von Ernest Hemingway gelesen hatte.

Steve, inzwischen ein Film- und Fernseh-Comedy-Autor mittleren Alters, war damals so hinreißend niedergeschmettert, daß ich das, was ihm dies angetan hatte, wieder lesen mußte. *In einem andern Land* entpuppte sich als Angriff auf die Institution der Ehe. Hemingways Held wird im Krieg verwundet. Er und seine Krankenschwester verlieben sich. Sie feiern weit von den Schlachtfeldern entfernt Flitterwochen, verputzen das beste Essen und trinken den besten Wein, ohne vorher geheiratet zu haben. Sie wird schwanger und beweist damit, als hätte es da noch Zweifel gegeben, daß er tatsächlich ganz Mann ist.

Sie und das Baby sterben, so daß er sich nicht um einen anständigen Job und ein Haus und eine Lebensversicherung und den ganzen Kack zu kümmern braucht, und nun hat er diese wunderschönen Erinnerungen.

Ich sagte zu Steve: »Die Tränen, die Hemingway dich vergießen wollen machte, sind Tränen der *Erleichterung*! Es sah doch aus, als müßte der Typ heiraten und ein geregeltes Leben anfangen. Aber das mußte er dann doch nicht. Mein lieber Scholli, das war knapp!«

Trout sagte, er kenne nur noch ein Buch, welches den Ehestand ähnlich verächtlich mache wie *In einem andern Land*.

»Bitte den Titel«, sagte ich.

Er sagte, es sei ein Buch von Henry David Thoreau namens *Walden*.

»Prima Buch«, sagte ich.

24

1996 sage ich bei Vorträgen, daß fünfzig oder noch mehr Prozent aller amerikanischer Ehen kaputtgehen, weil die meisten von uns keine Großfamilien mehr haben. Wenn man heutzutage jemanden heiratet, kriegt man nur eine Person.

Ich sage, bei Ehekrächen geht es nicht um Geld oder Sex oder Macht. Eigentlich meinen die Ehegatten: »Du bist nicht genug Leute!«

Sigmund Freud sagte, er wisse nicht, was Frauen wollen. Ich weiß, was Frauen wollen. Sie wollen ganz viele Leute, mit denen sie reden können.

Ich habe Trout das Konzept der *Mann-Frau-Stunde* als Maßeinheit für eheliche Intimität zu verdanken. Dies ist eine Stunde, während der ein Ehemann und eine Ehefrau einander nah genug sind, um sich des anderen bewußt zu sein, und der eine dem andern etwas sagen kann, wenn ihm danach ist, ohne zu brüllen. In seiner Geschichte »Goldene Hochzeit« schreibt Trout, ihnen brauche gar nicht danach zu sein, etwas zu sagen, um sich eine Mann-Frau-Stunde gutzuschreiben.

»Goldene Hochzeit« ist eine weitere Geschichte, die Dudley Prince vor dem Zeitbeben aus dem Müllbehälter rettete. In der Geschichte geht es um einen Blumenhändler, der versucht, sein Geschäft dadurch zu beleben, daß er Menschen, die beide zu Hause arbeiten oder viele Stunden in einem Mutti-und-Vati-Laden miteinander verbringen, davon überzeugt, daß sie das Recht haben, mehrmals pro Jahr Hochzeitstag zu feiern.

Er rechnet vor, daß ein Durchschnittspaar mit separaten Arbeitsplätzen pro Werktag vier Mann-Frau-Stunden einheimst und sechzehn an den Wochenenden. Im Tiefschlaf nebeneinander liegen zählt nicht. Dies ergibt eine *Mann-Frau-Norm-Woche* von sechsunddreißig Mann-Frau-Stunden.

Diese multipliziert er mit zweiundfünfzig. Dadurch erzielt er, abgerundet, ein *Mann-Frau-Norm-Jahr* von eintausendachthundert Mann-Frau-Stunden. Er wirbt damit, daß jedes Paar, welches diese Anzahl von Mann-Frau-Stunden angehäuft hat, zum Feiern eines Hochzeitstages berechtigt ist sowie zur Entgegennahme von Blumen und angemessenen Geschenken, selbst wenn sie nur zwanzig Wochen dafür gebraucht haben!

Wenn Paare in dieser Weise Mann-Frau-Stunden horten, wie meine Frauen und ich das in meinen beiden Ehen getan haben, können sie leicht nach zwanzig Jahren vierzigsten Hochzeitstag und nach fünfundzwanzig Jahren goldene Hochzeit feiern!

Ich habe nicht vor, mein Liebesleben zu erörtern. Ich sage nur soviel, daß ich nämlich immer noch nicht darüber hinwegkomme, wie Frauen geformt sind, und daß ich mit dem Wunsch ins Grab sinken werde, ihre Ärsche und Titten zu kosen. Außerdem sage ich noch, daß der Liebesakt, wenn er ehrlich gemeint ist, eine der besten Ideen ist, welche Satan in den Apfel gesteckt hat, den sie der Schlange gab, auf daß diese ihn Eva gebe. Die allerbeste Idee in jenem Apfel ist jedoch der Jazz, aktiv betrieben.

25

Allies Mann Jim war übrigens tatsächlich zwei Tage bevor sie im Krankenhaus starb, mit der Eisenbahn von einer offenen Zugbrücke gefallen. Geschichten, die das Leben schrieb!

Jim hatte seine Familie durch die Fabrikation eines selbsterfundenen Spielzeugs in tiefe Schulden gestürzt. Es war ein verkorkter Gummiballon mit einem Klumpen permanent formbaren Lehms drin. Es war Lehm mit Haut!

Auf den Ballon war das Gesicht eines Clowns gedruckt. Man konnte mit den Fingern seinen Mund weit öffnen oder seine Nase verlängern oder seine Augen eindrücken. Jim nannte es Putty Puss oder Knut Knet. Putty Puss wurde nie populär, Knut Knet war kein Knüller. Darüber hinaus verschlang Putty Puss enorme Summen für Herstellung und Werbung.

Allie und Jim, Indianapolitaner in New Jersey, hatten vier Jungen und keine Mädchen. Einer der Jungen war ein wimmernder Säugling, und ohnehin hatte keiner dieser Menschen darum gebeten, geboren zu werden.

In unserer Familie kommen Jungen und Mädchen oft, wie Allie, mit einer natürlichen Begabung für Zeichnen und Malen und Bildhauern und so weiter zur Welt. Die beiden Töchter, die ich mit Jane habe, Edith und Nanette, sind mittleren Alters, Künstlerinnen von Beruf, die Ausstellungen veranstalten und Bilder verkaufen. Genau wie unser Sohn Mark, der Arzt. Genau wie ich. Allie hätte das auch haben können, wenn sie bereit gewesen wäre, hart zu arbeiten und sich ein bißchen zu prostituieren. Aber wie ich bereits andernorts berichtete, sagte sie: »Nur weil man talentiert ist, heißt das doch noch nicht, daß man damit auch was *machen* muß.«

In meinem Roman *Blaubart* sage ich: »Hütet euch vor

Göttern, die Begabungen bringen.« Ich glaube, ich habe an Allie gedacht, als ich das schrieb, und ich habe wieder an Allie gedacht, als ich Monica Pepper in *Zeitbeben Eins* in Orange und Lila »FUCK ART!« quer über die Eingangstür der Akademie sprühen ließ. Allie hätte gar nicht gewußt, daß es so eine Einrichtung wie die Akademie gibt, da bin ich mir fast sicher, aber sie wäre glücklich gewesen, diese Worte wo auch immer prangen zu sehen.

Unser Architektenvater war so voller ekstatischen Bockmists über alles, was Allie, als sie heranwuchs, an Kunst hervorbrachte, als wäre sie der neue Michelangelo, daß sie sich schämte. Sie war nicht dumm, und sie hatte Geschmack. Vater rieb ihr ständig, ohne es zu wollen, unter die Nase, wie begrenzt ihre Gaben waren, und verdarb ihr dadurch jedes bescheidene Vergnügen, das sie, ohne zuviel zu erwarten, vielleicht aus ihnen gezogen hätte.

Allie fühlte sich vielleicht auch etwas gönnerhaft behandelt, überschwenglich gelobt für sehr Geringes, weil sie ein hübsches Mädchen war. Nur Männer konnten große Künstler werden.

Als ich zehn war und als Allie fünfzehn war und als unser großer Bruder Bernie, der geborene Naturwissenschaftler, achtzehn war, sagte ich eines Tages beim Abendessen, Frauen seien nicht einmal die besten im Kochen und beim Kleiderschneidern. Sondern Männer. Und Mutter kippte mir einen Krug Wasser über den Kopf.

Aber Mutter hatte genauso blödsinnige Vorstellungen in bezug auf Allies Aussichten, einen reichen Mann zu heiraten, und wie wichtig das für Allie wäre, wie Vater bezüglich ihrer Kunst. Während der Wirtschaftskrise wurden finanzielle Opfer gebracht, um Allie zusammen mit den Töchtern aus reichem Hause auf die Tudor Hall, School for Girls (oder *Two-Door Hell, Dump for Dames*, die Hölle mit zwei Türen für den Schrullenschrott) zu schicken, vier Straßen südlich von der Shortridge High School, wo sie das hätte haben können, was ich genoß: eine freie und viel reichere und demokratischere und irre heterosexuelle Erziehung.

Die Eltern Janes, meiner ersten Frau, Harvey und Riah Cox, haben es genauso gemacht und ihre einzige Tochter auf die Tudor Hall geschickt und ihr Reiche-Mädchen-Klamotten gekauft und ihretwegen die Mitgliedschaft im Woodstock Golf and Country Club aufrechterhalten, die sie sich eigentlich nicht leisten konnten, damit sie einen Mann heiraten konnte, dessen Familie Geld und Macht besaß.

Als die Wirtschaftskrise und dann der Zweite Weltkrieg vorbei waren, erwies sich die Annahme, ein Mann aus einer reichen und mächtigen Familie in Indianapolis würde ein Mädchen heiraten dürfen, dessen Familie nicht mal einen Topf zum Reinpissen hatte, solang sie nur die Manieren und den Geschmack eines reichen Mädchens aufwies, als ebenso blöd wie der Versuch, Ballons mit feuchten Lehmklumpen drin zu verkaufen. Geschäft ist Geschäft.

Das Beste, was Allie an Ehemann zustande brachte, war Jim Adams, ein schönes, charmantes, witziges Prachtstück von einem Kerl ohne Geld und Beruf, der während des Krieges Öffentlichkeitsarbeit für die Army gemacht hatte. Das Beste, was Jane auf diesem Gebiet zustande brachte – und für unverheiratete Frauen war es eine Zeit der Panik –, war ein Typ, der als Obergefreiter nach Hause gekommen war, der an der Cornell-Universität in all seinen Kursen durchgefallen war, als er in den Krieg zog, und der keinen Schimmer hatte, was er als nächstes treiben sollte, nachdem nun der freie Wille wieder voll reingehauen hatte.

Das müssen Sie sich mal vorstellen: Jane hatte nicht nur Reiche-Mädchen-Manieren und -Klamotten. Sie war auch noch Phi-Beta-Kappa-Mitglied in Swarthmore gewesen und konnte besser schreiben als alle anderen dort!

Ich dachte, ich könnte vielleicht so eine Art möglichst nur halbwegs beschissener Naturwissenschaftler werden, denn dazu war ich schließlich ausgebildet worden.

26

In der dritten Auflage des *Oxford Dictionary of Quotations* sagt der englische Dichter Samuel Taylor Coleridge (1772-1834): »Freiwillig schick Ungläubigkeit zur kurzen Ruh, draus dichtrisch Treu und Glauben rasch entsteh'.« Die Kokoloresakzeptanz trägt wesentlich zur Freude an Gedichten und an Romanen und an Kurzgeschichten und auch an Theaterstücken bei. Manche Autoren kommen einem aber mit An- und Entwürfen, die denn doch zu grotesk sind, um geglaubt zu werden.

Wer, zum Beispiel, konnte Kilgore Trout glauben, als er in *Meine zehn Jahre auf Autopilot* schrieb wie folgt? »Es gibt im Sonnensystem einen Planeten, dessen Bewohner so blöd sind, daß sie eine Million Jahre lang nicht mitkriegten, daß ihr Planet noch eine andere Hälfte hat. Das haben sie erst vor fünfhundert Jahren herausbekommen! Erst vor fünfhundert Jahren! Und trotzdem bezeichnen sie sich selbst als Homo sapiens.

Blöd? Wollen Sie wissen, was wirklich blöd ist? Die Bewohner der anderen Hälfte waren so blöd, daß sie kein Alphabet hatten! Die hatten noch nicht mal das Rad erfunden!«

Nun machen Sie mal halblang, Mr. Trout.

Besonders scheint er die amerikanischen Ureinwohner mit Hohn zu überschütten, die, so sollte man meinen, für ihre Dummheit schon genug gestraft wurden. Laut Noam Chomsky, einem Professor am Massachusetts Institute of Technology, wo mein Bruder, mein Vater und mein Großvater sämtlich höhere akademische Grade erworben haben, wo aber Peter Lieber, mein Onkel mütterlicherseits, durchgerasselt ist: »Aktuelle Schätzungen besagen, daß es etwa 80 Millionen eingeborene Amerikaner in Lateinamerika gab, als

Kolumbus den Erdteil ›entdeckte‹ – wie wir sagen –, und weitere 12 bis 15 Millionen nördlich des Rio Grande.«

Chomsky fährt fort: »Um 1650 waren etwa 95 Prozent der Bevölkerung Lateinamerikas ausgerottet, und als das Staatsgebiet der USA sich von Küste zu Küste erstreckte, waren von der einheimischen Bevölkerung nur noch etwa 200 000 übrig.«

Meiner Meinung nach stellt Trout, weit entfernt davon, unsere Ureinwohner noch zusätzlich anzupupen, vielleicht zu subtil die Frage, ob große Entdeckungen, wie zum Beispiel die Existenz einer weiteren Hemisphäre oder verfügbarer Atomenergie, die Menschen wirklich glücklicher machen, als sie vorher waren.

Ich persönlich sage, daß die Atomenergie die Menschen unglücklicher gemacht hat, als sie vorher waren, und daß unsere Ureinwohner sehr viel unglücklicher sind, seitdem sie einen Planeten mit zwei Hemisphären bewohnen müssen, ohne daß die Rad-und-Alphabet-Menschen, die sie »entdeckten«, dadurch mehr Spaß am Leben haben als vorher.

Dann hinwiederum bin ich monopolar und depressiv und stamme von Monopolar-Depressiven ab. Deshalb schreib ich auch so klasse.

Sind zwei Hemisphären besser als eine? Ich weiß, daß Anekdotisches nicht für eine Karaffe warmen Speichels Beweiskraft hat, aber einer meiner Urgroßväter mütterlicherseits wechselte gerade noch rechtzeitig die Hemisphären, um sich als Soldat für die Union in unserem berüchtigt unbürgerlichen Bürgerkrieg am Bein verwunden zu lassen. Er hieß Peter Lieber. Peter Lieber kaufte sich in Indianapolis eine Brauerei, und diese florierte. Eins seiner Biere bekam auf der Weltausstellung in Paris 1889 eine Goldmedaille. Seine geheime Zutat war Kaffee.

Aber Peter Lieber überließ die Brauerei seinem Sohn Albert, meinem Großvater mütterlicherseits, und er begab sich zurück auf seine ursprüngliche Hemisphäre. Er fand, daß er die lieber mochte. Und ich habe gehört, daß es eine Fotografie gibt, die oft in unseren Schulbüchern Verwendung findet und angeblich Einwanderer zeigt, welche hier von Bord gehen, sich aber in Wirklichkeit gerade einschiffen, um dorthin zurückzukehren, woher sie gekommen sind.

Man ist auf dieser Hemisphäre nicht immer auf Rosen gebettet. Meine Mutter hat auf dieser Hemisphäre Selbstmord begangen, und dann fiel mein Schwager mit der Eisenbahn von einer offenen Zugbrücke.

27

Die erste Geschichte, die Trout neu schreiben mußte, nachdem ihn das Zeitbeben zurück ins Jahr 1991 gezappt hatte, sagte er mir, hieß »Hundefrühstück«. Sie handelte von einem wahnsinnigen Naturwissenschaftler namens Fleon Sunoco, der an den National Institutes of Health in Bethesda, Maryland, forschte. Dr. Sunoco glaubte, die echt schlauen Menschen hätten kleine Funkempfänger im Kopf und bekämen ihre klugen Ideen von irgendwo anders.

»Die Schlaumeier *mußten Hilfe von außen kriegen*«, sagte mir Trout in Xanadu. Während er den wahnsinnigen Sunoco nachmachte, schien mir Trout ebenfalls davon überzeugt zu sein, daß es irgendwo einen großen, dicken Computer gab, welcher, über Funk, Pythagoras die Sache mit den rechtwinkligen Dreiecken erzählt hatte und Newton die Sache mit der Schwerkraft und Darwin die Sache mit der Evolution und Pasteur die Sache mit den Bazillen und Einstein die Sache mit der Relativität und so weiter und so fort.

»Dieser Computer, egal, wo er ist, egal, was er ist, könnte, indem er so tut, als hülfe er uns, in Wirklichkeit versuchen, uns Blödis mit seinen Denkanstößen *umzubringen*«, sagte Kilgore Trout.

Trout sagte, es habe ihm nichts ausgemacht, »Hundefrühstück« neu zu schreiben, genausowenig wie die dreihundert oder noch mehr Geschichten, die er neu geschrieben und weggeschmissen hatte, bevor der freie Wille wieder voll reinhaute. »Ob ich schreibe oder neu schreibe, das ist mir alles gleich recht«, sagte er. »Mit vierundachtzig Jahren bin ich ebenso verblüfft und gut unterhalten, wie ich es mit vierzehn war, als ich entdeckte, daß ein Stift, sobald ich mit ihm ein Blatt Papier berührte, aus eigener Kraft eine Geschichte schrieb.

Wollen Sie wissen, warum ich den Leuten sage, ich hieße Vincent van Gogh?« fragte er. Hierzu erkläre ich lieber, daß der echte Vincent van Gogh ein Niederländer war, der im Süden von Frankreich malte und dessen Bilder heute zu den kostbarsten Schätzen der Welt gezählt werden, der aber zu seinen Lebzeiten nur zwei davon verkaufte. »Nicht nur, weil er, wie ich, nicht auf sein Äußeres achtete und Frauen ihn abstoßend fanden, obwohl das natürlich auch berücksichtigt werden muß«, sagte Trout.

»Unsere Hauptgemeinsamkeit«, sagte Trout, »besteht darin, daß van Gogh Bilder malte, die *ihn* mit ihrem Gehalt beeindruckten, obwohl kein Schwein sich um sie scherte, und ich Geschichten schreibe, die *mich* in Erstaunen versetzen, obwohl kein Schwein sich um sie schert.

Wieviel Glück will man denn *noch* haben?«

Trout war das einzige dankbare Publikum für das, was er war und tat. Dadurch konnte er die Bedingungen des zweiten Durchlaufs als unüberraschend akzeptieren. Er war lediglich eine weitere Narretei, welche sich in der Welt außerhalb seiner eigenen abspielte, und seines Respekts nicht würdiger als Kriege oder Bankenkräche oder Seuchen oder Flutwellen oder Fernsehstars oder was Sie wollen.

Er konnte, als der freie Wille wieder voll reinhaute, in unmittelbarer Nachbarschaft der Akademie so ein rationaler Held sein, weil er, meiner Meinung nach, im Gegensatz zu den meisten von uns nie grundlegende Unterschiede zwischen dem Leben als Déjà-vu und dem Leben als Originalmaterial festgestellt hatte.

Darüber, wie wenig, verglichen mit der Hölle, die sie für die meisten von uns gewesen war, ihm die Wiederholung hatte anhaben können, schrieb er in *Meine zehn Jahre auf Autopilot*: »Ich brauchte kein Zeitbeben, um zu erfahren, daß am Leben zu sein eine Schatztruhe voller Scheiße ist. Das wußte ich nämlich längst – dank meiner Kindheit und dank Kruzifixen und dank Geschichtsbüchern.«

Zum Mitschreiben: Dr. Fleon Sunoco, bei den NIH angestellt, reich genug, um unabhängig zu sein, heuert Grabräuber an, damit diese ihm die Gehirne verblichener MENSA-Mitglieder bringen; MENSA ist ein bundesweiter Klub für Personen mit hohem Intelligenzquotienten oder IQ, durch standardisierte Tests verbaler und nonverbaler Fertigkeiten ermittelt, Tests, welche die Getesteten klar von Otto und Ottilie NormalverbraucherIn abheben, vom Pöbel oder Lumpenproletariat.

Seine Leichenschänder bringen ihm außerdem noch die Gehirne von Leuten, die bei richtig dummen Unfällen zu Tode gekommen sind, z. B. bei Rot und heftigem Verkehr über die Straße gegangen sind oder ihren Gartengrill mit Benzin angeworfen haben, und so weiter, zum Vergleich. Um keinen Verdacht zu erregen, liefern sie die frischen Gehirne einzeln in großen Pappbechern an, die sie in der nächsten *Kentucky Fried Chicken*-Filiale gestohlen haben. Man braucht nicht eigens zu erwähnen, daß Sunocos Vorgesetzte keine Ahnung von dem haben, was er wirklich treibt, wenn er Nacht für Nacht Überstunden schiebt.

Was sie jedoch bemerken, ist seine offensichtliche Vorliebe für Brathuhn, da er das Zeug in den ganz großen Pappbechern bestellt und da er nie jemandem davon anbietet. Außerdem fragen sie sich, wie er es schafft, so dünn zu bleiben. Während der normalen Arbeitszeit tut er das, wofür er bezahlt wird, und das ist die Entwicklung einer empfängnisverhütenden Pille, welche dem Geschlechtsakt alle Freude nimmt, so daß die Teenager gar nicht erst kopulieren.

Nachts jedoch schneidet er Hirne mit hohem IQ in dünne Scheiben und sucht die kleinen Empfänger. Er glaubt, daß die Schlaumeier damit *geboren* wurden; also müssen die Empfänger aus Fleisch sein. Sunoco hat in seinem geheimen Tagebuch folgendes vermerkt: »Nie und nimmer kann einem menschlichen Gehirn, welches nicht mehr ist als ein Hundefrühstück, ein dreieinhalb Pfund schwerer, blutgetränkter Schwamm, ohne fremde Hilfe so etwas entschlüpft sein wie

›Stardust‹ – von Beethovens Neunter Symphonie ganz zu schweigen.«

Eines Nachts findet er eine nicht definierte kleine rotzfarbene Beule, nicht größer als ein Senfkorn, im Innenohr eines MENSA-Mitglieds, welches in der Mittelschule einen Rechtschreibwettbewerb nach dem andern gewonnen hatte. *Heureka!*
 Er unterzieht das Innenohr einer Vollidiotin, welche den Tod fand, als sie, Rollerblades an den Füßen, nach den Türgriffen hochtourig vorbeirauschender Fahrzeuge haschte. Keins ihrer beiden Innenohren weist eine rotzfarbene Beule auf. *Heureka!*

Sunoco untersucht fünfzig weitere Hirne, die Hälfte von Leuten, so dumm, daß man's nicht glauben möchte, die andere Hälfte von Leuten, so schlau, daß man's nicht glauben möchte. Nur die Innenohren von Raketenbauern, sozusagen, haben Beulen. Die Beulen *müssen der Grund dafür gewesen sein*, daß die Schlaumeier bei den IQ-Tests so gut abgeschnitten haben. Ein kleines Stück Extra-Gewebe, wenn es nur Gewebe war und sonst nichts, konnte kaum eine größere Hilfe gewesen sein als ein Pickel. Also mußte es ein Funkempfänger sein! Und solche Empfänger mußten die korrekten Antworten auf Fragen, und seien sie noch so abstrus, an MENSA-Mitglieder und Phi Beta Kappas und Kandidaten in Quiz-Sendungen weitergeben.
 Dies ist eine nobelpreiswürdige Entdeckung! Also geht Sunoco, noch bevor er sie veröffentlicht hat, zum Herrenausstatter und kauft sich einen Frack für Stockholm.

28

Trout sagte: »Fleon Sunoco sprang in den Tod, auf den Parkplatz der Institutes of Health. Er trug seinen neuen Frack, der es nie nach Stockholm schaffen sollte.

Ihm war klargeworden, daß seine Entdeckung bewies, daß ihm keinerlei Anerkennung für diese seine Entdeckung gebührte. Er war in seine eigene Grube gefallen! Niemand, der so etwas Wunderbares vollbracht hatte wie das, was er vollbracht hatte, konnte dies lediglich mit Hilfe eines menschlichen Gehirns vollbracht haben, mit nichts als dem Hundefrühstück im Hirnkasten. Er konnte es nur mit fremder Hilfe geschafft haben.«

Als der freie Wille nach zehnjährigem Hiatus wieder voll reinhaute, schaffte Trout den Übergang vom Déjà-vu zu den unbegrenzten Möglichkeiten fast übergangslos. Die Wiederholung brachte ihn im Raum-Zeit-Kontinuum an den Punkt zurück, an dem er wieder seine Geschichte über den britischen Soldaten zu schreiben begann, dessen Kopf da war, wo sein Dingdong hätte sein sollen, und dessen Dingdong da war, wo sein Kopf hätte sein sollen.

Ohne Warnung, still und leise war Schluß mit der Wiederholung.

Dieser Augenblick war ein ziemlicher Hammer für jeden, der eine Art selbstangetriebenes Transportmittel bediente oder Passagier in einem solchen war oder einem solchen im Wege stand. Zehn Jahre lang hatten die Maschinen, wie die Menschen, das getan, was sie bereits eine Dekade lang getan hatten, oft natürlich mit tödlichem Ergebnis. Wie Trout in *Meine zehn Jahre auf Autopilot* schrieb: »Mit oder ohne zweiten Durchlauf – das moderne Transportwesen ist Zentimeterarbeit.« Beim zweitenmal war jedoch das Weltall mit dem Schluckauf, nicht die Menschheit, schuld an allen und sämtlichen Todesfällen. Es mochte zwar so aussehen, als steuerten die Menschen etwas, aber sie steuerten gar nicht wirklich. Sie konnten nicht steuern.

Um noch einmal Trout zu zitieren: »Das Pferd wußte den Nachhauseweg.« Aber als der zweite Durchlauf vorbei war, wußte das Pferd, welches jeweils alles sein konnte, vom Motorroller bis zum Jumbo-Jet, den Nachhauseweg nicht mehr. Die Menschen mußten ihm sagen, was es als nächstes zu tun hatte, wenn es nicht zum zutiefst amoralischen Spielzeug von Newtons Bewegungsgleichung werden sollte.

Trout, auf seinem Feldbett neben der Akademie, bediente nichts Gefährlicheres oder Dickköpfigeres als einen Kugelschreiber. Als der freie Wille voll reinhaute, schrieb er einfach weiter. Er beendete die Geschichte. Auf den Schwingen einer Erzählung, die darum bettelte, erzählt zu werden, war ihr Autor über etwas getragen worden, was für die meisten von uns ein gähnender Abgrund gewesen war.

Erst nachdem er mit seiner fesselnden Beschäftigung fertig geworden war, fand Trout Muße, zur Kenntnis zu nehmen, was die Welt dort draußen bzw. das Weltall dort draußen so trieb, falls es überhaupt etwas trieb. Und als Mann ohne kulturelle oder gesellschaftliche Basis fand er wie kein anderer Muße und Freiheit, Ockhams Lehrsatz – oder, wenn Sie wollen, das Gesetz des Geizes – auf praktisch jede Situation anzuwenden, nämlich: Die simpelste Erklärung für ein Phänomen ist in, sagen wir mal, neun von zehn Fällen wahrer als eine richtig schicke.

Trouts Grübelei darüber, wie es ihm gelungen war, eine Geschichte fertigzuschreiben, deren Vollendung ihm so lange verwehrt gewesen war, war, gemessen an den konventionellen Paradigmata über den Sinn des Lebens und die Rolle, die dabei das Universum spielt oder nicht spielt und so weiter, eher unkompliziert. So konnte sich der alte Science-fiction-Autor direkt auf diese simple Wahrheit zubewegen: Daß jeder das, was er die letzten zehn Jahre lang durchgemacht hatte, durchgemacht hatte, daß er nicht wahnsinnig geworden oder gestorben und zur Hölle gefahren war, und daß das Universum ein kleines bißchen geschrumpft war, sich aber dann wieder weiter ausgedehnt hatte und jeden und alles zum Roboter der eigenen Vergangenheit gemacht und dabei zufällig demonstriert hatte, daß die Vergangenheit nicht knetbar und nicht zerstörbar war, und zwar so:

> *Der Schreibefinger schreibt, und was er schrieb,*
> *Das bleibt; nicht Witz, noch Gotteslieb'*
> *Wird auch nur eine halbe Zeile ungeschrieben machen,*
> *Und keine Träne wäscht es fort: Das Wort, es blieb.*

Und dann, an etwas, was der Nachmittag des 13. Februar 2001 war, haute ganz plötzlich in New York City, ganz-ganz-weit-oben-und-dann-noch-ein-ziemliches-Stück in der West 155th Street, und *überall* der freie Wille wieder voll rein.

29

Ich ging ebenfalls in einer Serie durchgehender Aktionen vom Déjà-vu zu den unbegrenzten Möglichkeiten über. Ein unbeteiligter Zuschauer hätte sagen können, daß ich dem freien Willen Taten folgen ließ, sobald er wieder erhältlich war. Aber das ging so: Ich hatte mir eine Tasse sehr heiße Hühnersuppe mit Nudeln in den Schoß gekippt und war von meinem Stuhl aufgesprungen und wischte nun mit den Händen vorne an meiner Hose herum, um die siedendheiße Brühe samt Nudeln zu entfernen, als kurz darauf das Zeitbeben zuschlug, und genau das mußte ich gegen Ende der Wiederholung noch einmal machen.

Als der freie Wille wieder voll reinhaute, versuchte ich einfach, die Suppe abzuwischen, bevor sie durch den Hosenstoff in den Unterhosenstoff sickern konnte. Trout sagte, völlig korrekt, meine Aktionen seien *Reflexe* gewesen und nicht ausreichend kreativ, um als Äußerungen des freien Willens bezeichnet zu werden.

»Hätten Sie nachgedacht«, sagte er, »dann hätten Sie sich die Hose aufgeknöpft, den Reißverschluß des Hosenschlitzes aufgemacht und die Hose bis auf die Knöchel runtergelassen, da sie ohnehin bereits suppegetränkt war. Kein noch so hektisches Wischen an der Oberfläche konnte die Suppe mehr davon abhalten, komplett in den Unterhosenstoff einzudringen.«

Trout gehörte sicherlich zu den ersten Menschen in der ganzen Welt, und nicht nur ganz-ganz-weit-oben-und-dann-noch-ein-ziemliches-Stück in der West 155th Street, die merkten, daß der freie Wille wieder voll reingehauen hatte. Dies fand er sehr interessant, im Gegensatz zu den meisten anderen Menschen. Die meisten anderen Menschen scherte es nach der erbarmungslosen Reprise ihrer Fehler und Pechsträhnen und schalen Siege während der letzten zehn Jahre, um es mit Trout zu sagen, »keinen feuchten Scheißdreck mehr, was überhaupt los war oder als nächstes passieren würde«. Dies Syndrom sollte später einen Namen bekommen: *Post-Zeitbeben-Apathie* oder kurz *PZA*.

Trout führte jetzt ein Experiment durch, welches viele von uns zu Beginn der Wiederholung durchzuführen versucht hatten. Er sagte absichtlich Unsinniges, und zwar ganz laut, wie z. B. »Ene mene bimbammel kunstibunsti wa wa wa« und so weiter. Wir alle versuchten damals, im zweiten 1991, Dinge dieser Güte zu sagen, um zu beweisen, daß wir immer noch sagen oder tun konnten, was wir wollten, wenn wir uns nur anstrengten. Konnten wir natürlich nicht. Aber als Trout, *nach* dem zweiten Durchlauf, versuchte, »Bifokale Brille aus blauem Nerz« oder sonstwas zu sagen, konnte er das natürlich.

Kein Problem!

Die Menschen in Europa und Afrika und Asien waren in Dunkelheit getaucht, als der freie Wille wieder voll reinhaute. Die meisten lagen im Bett oder saßen irgendwo herum. In ihrer Hemisphäre fielen nicht annähernd so viele Leute hin wie in unserer, wo eine klare Mehrheit hellwach war.

In beiden Hemisphären geriet jemand, der gerade zu Fuß ging, für gewöhnlich aus dem Gleichgewicht, weil er oder sie sich in die Richtung neigte, in welcher er oder sie gerade ging, so daß sein oder ihr Gewicht ungleichmäßig auf seine oder ihre Füße verteilt war. Als der freie Wille wieder voll reinhaute, fiel er oder sie natürlich hin und blieb lieben, sogar mitten auf einer vielbefahrenen Straße, alles wegen der Post-Zeitbeben-Apathie.

Sie können sich vorstellen, wie Treppenhäuser und Rolltreppen, besonders in der westlichen Hemisphäre, unten herum aussahen.

Da haben Sie die *Neue Welt*!

Meine Schwester Allie im wirklichen Leben, welches für sie nur einundvierzig Jahre währte, Gott sei ihrer Seele gnädig, fand, daß Hinfallen so ziemlich das Komischste war, was Menschen machen konnten. Ich meine keine Menschen, die wegen eines Schlaganfalls oder Herzinfarkts oder wegen einer gerissenen Kniesehne oder so hinfallen. Ich spreche von Menschen, die zehn Jahre alt und älter sind, jederlei Rasse und beiderlei Geschlechts und in vertretbar guter körperlicher Verfassung, welche, an einem Tag wie jedem andern, ganz plötzlich hinfallen.

Als Allie endgültig im Sterben lag und nicht mehr lang zu leben hatte, konnte ich ihr immer noch eine große Freude machen, ihr, wenn Sie wollen, eine *Epiphanie* bereiten, indem ich über jemanden sprach, der hinfiel. Meine Geschichte durfte nicht auf Filmen oder Hörensagen beruhen. Sie mußte von einer rüden Mahnung seitens der Schwerkraft handeln, deren Zeuge ich gewesen war.

In einer einzigen meiner Geschichten ging es um einen professionellen Entertainer. Sie stammte noch aus der Zeit, in der ich das Glück gehabt hatte, die letzten Zuckungen des Vaudeville auf der Bühne des Apollo Theater in Indianapolis zu erleben. Ein vollkommen wunderbarer Mann, den ich sofort heiliggesprochen hätte, fiel, was zu seiner Rolle gehörte, immer wieder an einer bestimmten Stelle in den Orchestergraben und kletterte danach wieder auf die Bühne, nunmehr mit der Pauke bekleidet.

In all meinen anderen Geschichten jedoch, die Allie zu hören nie müde wurde, bis sie so tot war wie ein Türnagel, ging es um *Amateure*.

30

Einmal, als Allie vielleicht fünfzehn war und ich zehn, hörte sie, wie jemand bei uns zu Hause die Kellertreppe hinunterfiel: *Rumpeldi, rumms, bumms.* Sie dachte, das wäre ich, und stand also oben an der Treppe und hielt sich ihren dummen Bauch vor Lachen. Das muß so um 1932 gewesen sein, im dritten Jahr der Wirtschaftskrise.

Ich war es aber gar nicht gewesen. Es war ein Typ von den Gaswerken, der gekommen war, um den Zähler abzulesen. Er kam völlig zerschunden die Kellertreppe heraufgetrampelt und war außer sich vor Wut.

Ein andermal, als Allie sechzehn oder noch älter war, denn da fuhr sie Auto, und ich war Beifahrer, sahen wir, wie eine Frau waagerecht aus einer Straßenbahn ausstieg, mit dem Kopf voran und parallel zum Pflaster. Sie war irgendwie mit den Absätzen hängengeblieben.

Wie ich bereits andernorts geschrieben und in Interviews zum besten gegeben habe, lachten Allie und ich noch jahrelang über diese Frau. Sie hatte sich nicht richtig weh getan. Sie stand auch gleich wieder auf.

Etwas, was nur ich gesehen habe, was Allie aber immer wieder gerne hörte, war ein Typ, der einer schönen Frau, die nicht die seine war, anbot, ihr Tango beizubringen. Das war gegen Schluß einer Party, die allmählich ihrem Ende zustrebte.

Ich glaube nicht, daß die Frau des Mannes auch da war. Ich kann mir nicht vorstellen, daß er das Angebot gemacht hätte, wenn seine Frau dabeigewesen wäre. Er war kein professioneller Tanzlehrer. Es waren vielleicht noch insgesamt zehn Leute da, Gastgeber und Gastgeberin mitgerechnet. Es war noch zur Zeit der Grammophone. Gastgeber und Gastgeberin hatten den taktischen Fehler begangen, eine Acetat-Schallplatte mit Tangomusik auf den Plattenteller ihres Grammophons zu legen.

So nahm nun dieser Typ, mit blitzenden Augen und geblähten Nüstern, diese schöne Frau in die Arme und fiel hin.

Ja, und all die Leute, die in *Zeitbeben Eins* hinfallen und jetzt in diesem Buch, sind wie »FUCK ART!« quer über die Stahltür der Akademie gesprayt. Sie sind eine Hommage an meine Schwester Allie. Sie sind die Art Porno, wie sie Allie gefallen hätte: Menschen, die durch Einwirkung von Schwerkraft ihre würdige Pose einbüßen, von Schwerkraft, nicht von Sex.

Hier ist eine Strophe aus einem Song, der während der Wirtschaftskrise populär war:

> *Pappa kam nach Hause letzte Nacht.*
> *»Du bist ja knülle«, hat Mamma noch gelacht,*
> *»Beim Lichtanmachen gib schon acht!«*
> *Schon fiel er hin, und das hat Bumm gemacht.*

Daß der Impuls, über gesunde Menschen, die trotzdem hinfallen, zu lachen, keineswegs universell ist, wurde mir auf schmerzliche Weise bei einer Aufführung von *Schwanensee* durch das Royal Ballet in London, England, bewußtgemacht. Ich saß mit meiner Tochter Nanny im Zuschauerraum, die damals etwa sechzehn war. Jetzt, im Sommer 1996, ist sie einundvierzig. Das muß jetzt fünfundzwanzig Jahre her sein!

Eine Ballerina tanzte auf den Zehenspitzen, *tüdelü-tüdelü-tüdelü*, seitwärts in die Kulissen, wie sie das auch sollte. Aber dann hörte man hinter der Bühne ein Geräusch, als wäre sie mit einem Fuß in einen Eimer getreten und dann, den Fuß immer noch im Eimer, eine eiserne Wendeltreppe hinuntergefallen.

Ich lachte sofort aus vollem Halse los.
Ich war der einzige.

Ein ähnlicher Vorfall begab sich bei einem Konzert des Indianapolis Symphony Orchestra, als ich ein kleiner Junge war. Ich hatte allerdings nichts damit zu tun, und es ging auch nicht um Gelächter. Es wurde gerade ein Musikstück gespielt, das immer lauter wurde und ganz plötzlich aufhören sollte.

Da war diese Frau in derselben Reihe wie ich, vielleicht zehn Plätze weiter. Sie sprach während des Crescendos mit einer Freundin und mußte ebenfalls immer lauter werden. Die Musik setzte aus. Sie schrie: »MEINE BRATE ICH IMMER IN BUTTER AN!«

31

Einen Tag nachdem ich im Royal Ballet zum Paria geworden war, besuchten meine Tochter Nanny und ich die Westminster Abbey. Sie war wie vom Donner gerührt, als sie von Angesicht zu Angesicht mit dem Grab von Sir Isaac Newton konfrontiert wurde. In ihrem Alter und am selben Ort hätte mein großer Bruder Bernie, ein geborener Naturwissenschaftler, der ums Verrecken nicht zeichnen oder malen kann, einen noch größeren Ziegel geschissen.

Und wohl steht es einem gebildeten Menschen an, einen ansehnlichen Klumpen Mauerwerks abzusondern, wenn er den ungeheuren Wahrheitsgehalt der Ideen bedenkt, die dieser Normalsterbliche geäußert hat, ohne dabei, soweit wir wissen, mehr zur Verfügung gehabt zu haben, so scheint es, als Signale von seinem Hundefrühstück, von seinem dreieinhalb Pfund schweren blutgetränkten Schwamm. Dieser eine nackte Affe hat die Differentialrechnung erfunden! Er hat das Spiegelteleskop erfunden! Er hat entdeckt und erklärt, wie ein Prisma einen Sonnenstrahl in seine einzelnen Farben zerlegt! Er spürte und schrieb bis dahin unbekannte Gesetze auf, welche Bewegung und Schwerkraft und Optik regeln!

Erbarmen!

»Achtung, Achtung, eine Durchsage für Dr. Fleon Sunoco! Wetzen Sie Ihr Mikrotom. Wir haben hier ein ziemliches *Hirn* für Sie!«

Meine Tochter Nanny hat einen Sohn, Max, der jetzt, 1996, auf halber Strecke des zweiten Durchlaufs, zwölf Jahre alt ist. Er wird siebzehn sein, wenn Kilgore Trout stirbt. Im April dieses Jahres schrieb Max einen echt tollen Schulaufsatz über Sir Isaac Newton, einen Übermenschen, der so normal aussah wie nur was. Daraus habe ich etwas erfahren, was ich noch nicht wußte: daß Newton von den Leuten, die nominell seine Vorgesetzten waren, geraten wurde, von den harten Wahrheiten der Naturwissenschaft Urlaub zu nehmen, um seine Kenntnisse in Theologie aufzufrischen.

Ich möchte gern denken, daß sie dies nicht taten, weil sie blöd waren, sondern um ihn daran zu erinnern, wie tröstlich und ermutigend der schöne Schein der Religion für das gemeine Volk sein kann.

Um aus Kilgore Trouts Geschichte »Empire State« zu zitieren, in welcher es um einen Meteor in Größe und Form des bekannten Wolkenkratzers in Manhattan geht, welcher sich, Dach voran, mit einer konstanten Geschwindigkeit von 86,40 Stundenkilometern der Erde nähert: »Die Naturwissenschaften haben noch niemanden aufgeheitert. Die Wahrheit über die Lage des Menschen ist einfach zu grauenhaft.«

Und die Wahrheit über die Lage in der ganzen Welt wird nie schlimmer sein, als sie es in den ersten paar Stunden nach Ende der Wiederholung war. Na klar, Millionen von Fußgängern lagen auf dem Boden, weil das Gewicht auf ihren Füßen ungleichmäßig verteilt gewesen war, als der freie Wille wieder voll reinhaute. Aber den meisten ging es ziemlich gut, außer denen, die ziemlich weit oben auf Treppen oder Rolltreppen gestanden hatten. Die meisten hatten sich nicht schlimmer weh getan als die Frau, die Allie und ich gesehen hatten, wie sie, Kopf voran, aus einer Straßenbahn geschossen kam.

Das echte Chaos wurde, ich sagte es bereits, durch Transportmittel mit Selbstantrieb angerichtet, von denen es naturgemäß innerhalb des früheren Museums des Indianers keine gab. Dort drinnen blieb es friedlich, selbst als die Karambolagen der Fahrzeuge und die Schreie der Verletzten und Sterbenden draußen den Höhepunkt eines Crescendos erreicht hatten.

»Meine brate ich immer in Butter an!« Wohl wahr.

Die Penner oder, wie Trout sie nannte, »das heilige Rindvieh« hatte gesessen oder auf dem Bauch oder auf dem Rücken gelegen, als das Zeitbeben zuschlug. So waren sie auch gelagert, als der zweite Durchlauf endete. Was konnte ihnen der freie Wille schon anhaben?

Hinterher sagte Trout über sie: »Bereits vor dem Zeitbeben hatten sie Symptome aufgewiesen, die von den PZA-Symptomen nicht zu unterscheiden waren.«

Nur Trout sprang auf, als eine wild gewordene Feuerwehr, ein Riesending mit langer Leiter, den Eingang der Akademie mit der Stoßstange vorne rechts zerschmetterte und dann weiterfuhr. Was sie danach tat, hatte nichts mit Menschen zu tun und konnte nichts mit Menschen zu tun haben. Die durch den Zusammenstoß mit der Akademie bewirkte plötzliche Geschwindigkeitseinbuße bewirkte, daß die durchgeknallten Feuerwehrleute an Bord mit demselben Tempo durch die Luft sausten, welches das Feuerwehrauto erreicht hatte, als es bergab vom Broadway heranstürmte, bevor es gegen die Akademie knallte. Trouts Schätzung, auf der Flugweite der Feuerwehrleute basierend, belief sich auf circa achtzig Stundenkilometer.

So verlangsamt und entvölkert, bog das Notfallfahrzeug scharf links in eine Friedhofseinfahrt gegenüber der Akademie ein. Es fuhr mit Anlauf einen steilen Abhang hinauf. Kurz vor der Hügelkuppe blieb es stehen und rollte dann rückwärts. Durch die Kollision mit der Akademie stand die Gangschaltung jetzt auf *Leerlauf*!

Durch schiere Wucht und ohne Motor war die Feuerwehr den Hügel hochgefahren. Der mächtige Motor brüllte. Das Gaspedal klemmte. Doch die einzige Opposition, welche das schwere Gerät der Schwerkraft entgegensetzen konnte, war die eigene Massenträgheit. Es war nicht mehr durch die Kardanwelle mit den Hinterrädern verbunden!

Hören Sie sich dies an: Die Schwerkraft zerrte das grölende rote Monstrum auf die West 155th Street herunter und dann, Arsch voran, zum Hudson River.

Der Schlag, den das Rettungsfahrzeug der Akademie versetzte, war, wenngleich er sie nur streifte, so schwer, daß ein Kristallkronleuchter auf den Fußboden des Foyers fiel.

Der schicke Beleuchtungskörper verfehlte den bewaffneten Wachmann Dudley Prince nur um Zentimeter. Hätte er nicht aufrecht gestanden, das Gewicht gleichmäßig auf beide Füße verteilt, als der freie Wille wieder voll reinhaute, wäre er vornübergefallen, in die Richtung, in welche er blickte, zur Eingangstür hin. Der Kronleuchter hätte ihn *umgebracht*!

Wollen wir über Glück und Pech reden? Als das Zeitbeben zuschlug, drückte Monica Peppers paraplegischer Gatte draußen gerade auf den Klingelknopf. Dudley Prince stand im Begriff, zur Eingangstür aus Stahl zu gehen. Bevor er jedoch in diese Richtung aufbrechen konnte, ertönte in der Gemäldegalerie hinter ihm die Rauchmelder-Sirene. Er erstarrte. Wohin zuerst?

Als also der freie Wille wieder voll reinhaute, hatte ihn ein und dasselbe Dilemma auf die Hörner genommen. Der Rauchmelder hinter ihm hatte ihm das Leben gerettet!

Als Trout von der wundersamen Errettung vom Tode durch Kronleuchter, dank einem Rauchmelder, erfuhr, zitierte er Katharine Lee Bates, eher gesprochen als gesungen:

> *Wie wunderschön die Himmel weit,*
> *Gelb wogt Korn kolossal,*
> *Die Bergwelt trägt ihr lila Kleid,*
> *Und drunten sprießt's im Tal!*
> *Amerika! Amerika!*
> *Gott sei dir zugetan,*
> *Krön deine Kraft mit Brüderschaft*
> *Von O- zu Ozean.*

Der uniformierte Ex-Sträfling war, dank PZA, eine motivationsmäßig kaputte Statue, als Kilgore Trout durch den Vordereingang hereingehoppelt kam, welcher nicht mehr blokkiert war, Minuten nachdem die harschen Regeln des freien Willens wieder etabliert worden waren. Trout rief: »Aufwachen! Himmel noch mal, aufwachen! Freier Wille! Freier Wille!«

Nicht nur lag die stählerne Eingangstür flach auf dem Fußboden und trug die rätselhafte Inschrift »UCK AR«, so daß Trout über sie hinweghüpfen mußte. Sie war immer noch fest durch ihre Scharniere mit dem Türrahmen verbunden. Der Türrahmen als solcher hatte unter dem Aufprall nachgegeben. Die Tür hatte sich einfach von dem sie umgebenden Mauerwerk getrennt. Sie war samt Angeln und Riegeln und Spion, was ihren praktischen Nutzwert betraf, so gut wie neu, so wenig Widerstand hatte der Türrahmen geleistet, als das wild gewordene Löschfahrzeug kam.

Der Bauunternehmer, der Tür und Rahmen eingebaut hatte, hatte gepfuscht, als er den Rahmen mit dem Mauerwerk verband. Er war ein Gauner gewesen! Wie Trout später über ihn sagte und wie man über alle pfuschenden Bauunternehmer sagen könnte: »Das Wunder war, daß er nachts schlafen konnte!«

32 Wenn ich jetzt, 1996, auf halbem Wege durch die Wiederholung in Richtung des Jahres 2001, eine Rede halte, sage ich, daß ich nach dem Zweiten Weltkrieg an der Universität von Chicago mit dem Studium der Anthropologie begonnen habe. Scherzhaft füge ich hinzu, daß ich diesen Stoff nie hätte studieren sollen, weil ich primitive Menschen nicht leiden kann. Sie sind so *dumm*! Der wahre Grund dafür, daß mein Interesse daran, den Menschen als Tier zu studieren, erlahmte, war der, daß meine Frau, Jane Marie Cox Vonnegut, welche als Jane Marie Cox Yarmolinsky sterben sollte, ein Baby namens Mark zur Welt brachte. Wir brauchten Kohle.

Jane selbst, eine Swarthmore-Phi-Beta-Kappa, hatte ein Vollstipendium für den Fachbereich Russisch bekommen. Als sie mit Mark schwanger wurde, trat sie von dem Stipendium zurück. Wir fanden den Ordinarius des Fachbereichs Russisch in der Bibliothek, erinnere ich mich, und meine Frau sagte diesem melancholischen Flüchtling vor dem Stalinismus, sie müsse leider aufhören, weil sie sich mit Nachkommenschaft infiziert habe.

Auch ohne Computer werde ich nie vergessen, was er zu Jane sagte: »Meine liebe Mrs. Vonnegut, Schwangerschaft ist der *Anfang*, nicht das Ende des Lebens.«

Worauf ich jedoch hinauswill, ist, daß es bei einem Kurs, den ich belegt hatte, verlangt war, *Gang der Weltgeschichte* von dem englischen Historiker Arnold Toynbee, der jetzt im Himmel droben ist, zu lesen und erörtern zu können. Er schrieb über Herausforderungen und Reaktionen und sagte, verschiedene Zivilisationen hätten überdauert oder versagt, je nachdem, ob die Herausforderungen, mit denen sie konfrontiert wurden, zuviel für sie waren oder nicht. Er gab Beispiele.

Ähnliches ließe sich über Individuen sagen, die sich gern heldenhaft betragen, und ein besonders eindrucksvolles Beispiel wäre Kilgore Trout am Nachmittag und Abend des 13. Februars 2001, nachdem der freie Wille wieder voll reingehauen hatte. Wenn er in der Gegend vom Times Square gewesen wäre oder in der Nähe einer größeren Brücke oder Unterführung oder auf einem Flughafen, wo die Piloten, wie sie es während der Wiederholung gelernt hatten, von ihren Flugzeugen erwarteten, daß sie sicher starteten oder landeten, und zwar von selbst, dann wäre die Herausforderung nicht nur für Trout zu groß gewesen, sondern für jeden anderen ebenfalls.

Was Trout wahrnahm, als er anläßlich der Kollision ein Haus weiter aus der Unterkunft kam, war zwar eine entsetzliche Szene, aber in kleiner Besetzung. Die Toten und Sterbenden waren weit verstreut, nicht aufeinandergetürmt oder in einem brennenden oder eingedrückten Flugzeug oder Bus eingeklemmt. Sie waren immer noch Individuen. Lebendig oder tot, hatten sie immer noch eine Persönlichkeit, mit Geschichten, die man in ihrem Gesicht und in ihrer Kleidung lesen konnte.

Der Fahrzeugverkehr auf diesem Abschnitt der West 155th Street, ganz-ganz-weit-oben-und-dann-noch-ein-ziemliches-Stück-und-nirgendwohinführend, war zu jeder Tageszeit praktisch nicht existent. Dadurch wurde das brüllende Löschfahrzeug zum Alleinunterhalter, und Trout sah ihm dabei zu, wie die Schwerkraft es, Arsch voran, in Richtung Hudson River zerrte. So hatte er die Muße und die Freiheit, detailliert über das glücklose Feuerwehrauto nachzudenken, des Lärms nicht achtend, der von befahreneren Durchgangsstraßen herüberdrang, und ruhig kam er zu dem Schluß, wie er mir später in Xanadu erzählte, daß eine von drei Erklärungen für die Hilflosigkeit des Löschzugs die zutreffende sein mußte: Entweder war der Rückwärts- oder gar kein Gang drin, oder die Kardanwelle war gebrochen, oder die Kupplung war hinüber.

Er verfiel nicht in Panik. Seine Erfahrungen als Meldegänger für die Artillerie hatten ihn gelehrt, daß Panik die Dinge nur verschlimmert. In Xanadu sagte er später: »Im wirklichen Leben, wie in der Großen Oper, werden hoffnungslose Situationen durch Arien nur noch schlimmer.«

Wohl wahr, er verfiel nicht in Panik. Gleichzeitig mußte er jedoch erst noch innewerden, daß nur er gut zu Fuß und putzmunter war. Das nackte Gerippe dessen, was das Universum als solches getan hatte, hatte er begriffen: es hatte sich zusammengezogen und dann wieder ausgedehnt. Das war der *leichte* Teil. Was tatsächlich geschah, außer daß es tatsächlich geschah, hätte leicht die Tinte-auf-Papier-Folge einer Prämisse für eine Geschichte sein können, die er selbst geschrieben und zerrissen und auf der Toilette eines Busbahnhofs weggespült hatte oder wie oder was, schon vor Jahren.

Im Gegensatz zu Dudley Prince hatte Trout nicht das Äquivalent zu einem Abitur erworben, aber er wies zumindest eine erstaunliche Ähnlichkeit mit meinem großen Bruder Bernie auf, der am Massachusetts Institute of Technology seinen Doktor in physikalischer Chemie gemacht hatte. Bernie und Trout hatten *beide*, seit ihrer frühesten Jugend, im Kopf Spiele gespielt, die mit dieser Frage begannen: »Falls das und das in unserer Umgebung der Fall wäre, was dann, was dann?«

Was Trout von der Prämisse Zeitbeben plus Wiederholung, im relativen Frieden des abgelegenen Teils der West 155th Street, zu extrapolieren unterlassen hatte, war, daß jeder im Umkreis von mehreren Meilen bewegungsunfähig war, so nicht durch Tod oder schwere Verletzung, dann doch durch PZA. Er verschwendete kostbare Minuten, indem er auf die Ankunft gesunder junger Krankenwagenbesatzungen und Polizisten und weiterer Feuerwehrleute und Katastrophenspezialisten vom Roten Kreuz und von der Bundesbehörde für Notstandsmanagement wartete, die sich um alles kümmern würden.

Vergessen Sie, bitte, um Gottes willen nicht: Er war vierundverdammtescheißenochmalachtzig Jahre alt! Da er sich jeden Tag rasierte, wurde er oft irrtümlich für eine Tippelschwester und nicht für einen Tippelbruder gehalten, selbst wenn er nicht sein Babydeckenkopftuch trug, und war so nicht in der Lage, auch nur den geringsten Respekt zu gebieten. Und was seine Sandalen betrifft: Immerhin waren sie stabil. Sie waren aus dem gleichen Material wie die Bremsbacken am Apollo-11-Raumschiff, welches Neil Armstrong auf dem Mond abgeliefert hatte, wo er der erste Mensch war, der je auf ihm zu Fuß ging, 1969.

Die Sandalen waren aus Armeerestbeständen vom Vietnamkrieg, vom einzigen Krieg, den wir je verloren haben und den Trouts einziges Kind Leon als Deserteur miterlebt hatte. Die amerikanischen Soldaten trugen die Sandalen über ihren leichtgewichtigen Dschungelstiefeln. Dies taten sie, weil der Feind auf den Pfaden, die durch den Dschungel führten, Pfähle mit der Spitze nach oben in den Boden steckte, und die Spitzen waren in Scheiße getunkt, um schwere Infektionen hervorzurufen.

Trout, dem es so sehr widerstrebte, in seinem Alter wieder mit dem freien Willen russisches Roulette zu spielen, besonders wenn das Leben anderer auf dem Spiel stand, kapierte endlich, daß er, so oder so, allmählich mal seinen Arsch in Bewegung setzen mußte. Aber was konnte er tun?

33

Mein Vater zitierte oft Shakespeare, und immer falsch, aber ich habe ihn nie ein Buch lesen sehen.

Ja, und ich stehe nicht an zu behaupten: Der bisher größte Schriftsteller in englischer Sprache war Lancelot Andrewes (1555-1626) und nicht der Barde vom Avon (1564-1616). Damals lag wirklich Lyrik in der Luft. Probieren Sie mal hiervon:

> *Der Herr ist mein Hirte; mir wird nichts mangeln.*
> *Er weidet mich auf seiner grünen Aue:*
> *   und führet mich zum frischen Wasser.*
> *Er erquicket meine Seele: er führet mich auf rechter Straße*
> *   um seines Namens willen.*
> *Und ob ich schon wanderte im finstern Tal*
> *   des Todes, fürchte ich kein Unglück; denn du bist bei*
> *   mir; dein Stecken und Stab trösten mich.*
> *Du bereitest mir einen Tisch im Angesicht*
> *   meiner Feinde: du salbest mein Haupt mit*
> *   Öl; und schenkest mir voll ein.*
> *Gutes und Barmherzigkeit werden mir folgen*
> *   mein Leben lang: und ich werde bleiben im*
> *   Hause des Herrn immerdar.*

Lancelot Andrewes war der Oberübersetzer und Chefparaphrast unter den Gelehrten, denen wir die King-James-Bibel verdanken.

Schrieb Kilgore Trout jemals Gedichte? Soweit ich weiß, hat er nur eins geschrieben. Er schrieb es am vorletzten Tag seines Lebens. Ihm war völlig klar, daß der Grause Schnitter kam, und zwar bald kam. Es hilft, wenn man weiß, daß in Xanadu zwischen Herrenhaus und Remise ein Tupelo-Korkbaum steht.

Trout schrieb:

Wenn der Tupelo
Läßt einen Pupelo,
Dann bin ich hin,
Denn in den Sinn
Kommst mir dann du-pelo.

34

Jane, meine erste Frau, und meine Schwester Allie hatten Mütter, die von Zeit zu Zeit wahnsinnig wurden. Jane und Allie waren Absolventinnen von Tudor Hall und waren einst zwei der schönsten, fröhlichsten Mädchen im Woodstock Golf and Country Club gewesen. Übrigens haben zufällig alle Schriftsteller, egal, wie pleite oder sonstwie unausstehlich sie sind, schöne Frauen. Das sollte mal jemand untersuchen.

Jane und Allie verpaßten das Zeitbeben, ein Glück. Ich könnte mir vorstellen, daß Jane in der Wiederholung manches Gute gefunden hätte. Allie nicht. Jane liebte das Leben und war Optimistin, kämpfte bis ganz zum Schluß gegen das Karzinom. Allies letzte Worte drückten Erleichterung aus und sonst nichts. Sie lauteten, wie ich bereits andernorts verzeichnete: »Keine Schmerzen, keine Schmerzen.« Ich habe das nicht selbst gehört und unser großer Bruder Bernie auch nicht. Ein Krankenpfleger, mit ausländischem Akzent, hat sie uns telefonisch übermittelt.

Ich weiß nicht, wie Janes letzte Worte gelautet haben mögen. Ich habe gefragt. Inzwischen war sie Adam Yarmolinskys Frau, nicht meine. Jane glitt offenbar davon, ohne zu sprechen, ohne zu merken, daß sie nie wieder auftauchen würde, um Luft zu holen. Bei ihrem Trauergottesdienst in einer Episkopalkirche in Washington, D.C., sagte Adam denen, die sich dort versammelt hatten, ihr Lieblingsausruf sei gewesen: »Ich kann's gar nicht erwarten!«

Was Jane immer wieder solche Vorfreude bereitete, waren Ereignisse, bei denen mindestens eins unserer sechs Kinder eine Rolle spielte, die jetzt alle erwachsen sind und eigene Kinder haben: eine Krankenschwester in der Psychiatrischen, ein humoristischer Schriftsteller, ein Kinderarzt, eine Malerin, ein Flugkapitän und ein Grafiker.

Ich sprach nicht auf ihrem Episkopalbegängnis. Ich brachte es nicht fertig. Alles, was ich zu sagen hatte, war nur für ihre Ohren bestimmt, und sie war nicht da. Das letzte Gespräch, das wir miteinander führten, wir zwei alten Bekannten aus Indianapolis, fand zwei Wochen vor ihrem Tod statt. Am Telefon. Sie war in Washington, D. C., wo die Yarmolinskys wohnten. Ich war in Manhattan und – damals wie heute – mit der Fotografin und Schriftstellerin Jill Krementz verheiratet.

Ich weiß nicht, wer angerufen hat, wessen Fünfcentstück es war. Zuzutrauen wäre es beiden gewesen. Wer es auch gewesen war – Zweck des Anrufs war Abschiednehmen.

Unser Sohn Mark, der Arzt, sollte nach ihrem Tod sagen, er selbst hätte nie all die medizinischen Prozeduren über sich ergehen lassen, die sie erduldete, um so lange wie möglich zu leben, um so lange wie möglich mit leuchtenden Augen ihr »Ich kann's gar nicht erwarten!« sagen zu können.

Unser letztes Gespräch war sehr intim. Jane fragte mich, als wüßte ich so was, was den genauen Zeitpunkt ihres Todes ankündigen würde. Sie mag sich vorgekommen sein wie eine Figur in einem meiner Bücher. War sie ja auch in gewisser Hinsicht. In den zweiundzwanzig Jahren unserer Ehe hatte ich entschieden, wohin wir als nächstes zogen, nach Chicago, nach Schenectady, nach Cape Cod. Meine Arbeit bestimmte, was als nächstes zu tun war. Sie hatte nie einen Job. Sechs Kinder großzuziehen war ihr genug.

Ich sagte ihr am Telefon, ein sonnenverbrannter, verwegener, gelangweilter, aber nicht unglücklicher zehn Jahre alter Junge, den wir nicht kannten, würde auf dem Kiesabhang bei der Bootsrampe unten am Ende der Scudder's Lane stehen. Er würde im Hafen von Barnstable, Cape Cod, stehen und nichts Bestimmtes beobachten, Vögel, Boote oder sonstwas.

Oben in der Scudder's Lane, an der Route 6 A, eine Zehntelmeile von der Bootsrampe entfernt, steht das große alte Haus, wo wir für unseren Sohn und unsere zwei Töchter und die drei Söhne meiner Schwester sorgten, bis sie erwachsen waren. Jetzt wohnen da unsere Tochter Edith und ihr Mann, ein Bauunternehmer, und ihre beiden kleinen Söhne, Will und Buck.

Ich sagte Jane, dieser Junge würde, weil er nichts Besseres zu tun hatte, einen Stein aufheben, wie das Jungen eben so tun. Er würde ihn in hohem Bogen über die Anlegestelle werfen. Wenn der Stein aufs Wasser traf, würde sie sterben.

Jane konnte von ganzem Herzen alles glauben, wodurch das Am-Leben-Sein voller Weißer Magie erschien. Das war ihre Stärke. Sie war als Quäkerin aufgewachsen, besuchte aber nach ihren vier fröhlichen Jahren auf der Swarthmore-Uni keine der stillen Andachten mehr. Nachdem sie Adam, welcher Jude blieb, geheiratet hatte, schloß sie sich der Episkopalkirche an. Als sie starb, glaubte sie an die Heilige Dreifaltigkeit und an den Himmel und an die Hölle und alles übrige. Ich bin so froh. Warum? Weil ich sie liebte.

35 Die Menschen, die mit Tinte auf Papier Geschichten erzählten, waren – nicht, daß das jetzt noch von Belang wäre – entweder *Huschis* oder *Knallis*. Huschis schreiben eine Geschichte schnell, holterdipolter, rumpeldipumpel, knarz barz, egal, wie. Dann gehen sie noch mal pingelig darüber und reparieren alles, was schlicht gräßlich ist oder nicht funktioniert. Knallis machen einen Satz nach dem andern, und jeder Satz muß stimmen, bevor der nächste kommt. Wenn sie fertig sind, sind sie fertig.

Ich bin Knalli. Die meisten Männer sind Knallis, und die meisten Frauen sind Huschis. Es kann durchaus sein, daß Autoren des jeweiligen Geschlechts zu Huschis oder Knallis *geboren* werden. Ich war neulich in der Rockefeller University zu Besuch, und da suchen und finden sie immer mehr Gene, die uns dazu *zwingen*, uns so oder so zu verhalten, genau wie das ein zweiter Durchlauf nach einem Zeitbeben täte. Schon vor diesem Besuch hatte ich den Eindruck gehabt, daß Janes und meine Kinder und Allies und Jims Kinder, die sich als Erwachsene überhaupt nicht ähneln, genau die Art Erwachsene geworden sind, die sie *sein mußten*.

Alle sechs sind okay.

Doch dann hinwiederum hatten alle sechs zahllose Gelegenheiten, okay zu sein. Wenn man dem, was man in den Zeitungen liest, glauben kann, oder dem, was man im Fernsehen und auf der Datenautobahn hört und sieht, haben das die meisten Menschen nicht.

Schriftsteller, die Huschis sind, finden es, so will mir scheinen, wunderbar, daß Menschen komisch oder tragisch oder sonstwas sind, *berichtenswert*, ohne sich zu fragen, warum oder wie die Menschen überhaupt am Leben sind.

Knallis dagegen, während sie vorgeblich einen Satz nach

dem andern so effizient wie möglich bauen, könnten in Wirklichkeit scheinbare Türen und Zäune eintreten und niederreißen und sich einen Weg durch verknäulten Stacheldraht schneiden, ständig unter Beschuß und in einer Atmosphäre aus Senfgas, auf der Suche nach Antworten auf diese ewigen Fragen: »Was sollten wir verdammt noch mal eigentlich tun? Was geht hier eigentlich verdammt noch mal vor?«

Wenn Knallis nicht willens sind, sich mit dem »*Il faut cultiver notre jardin*« des Knallis Voltaire abzufinden, bleibt immer noch die Politik der Menschenrechte, und darauf lasse ich mich gern ein. Ich beginne mit ein paar wahren Geschichten aus Trouts und meinem Krieg in Europa.

Und jetzt geht's los: Ein paar Tage nachdem Deutschland, welches direkt oder indirekt für den Tod von etwa vierzig Millionen Menschen verantwortlich war, kapituliert hatte, am 7. Mai 1945, gab es südlich von Dresden, nahe der tschechischen Grenze, ein Nest der Anarchie, welches von Truppen der Sowjetunion erst noch eingenommen und unter Kontrolle gebracht werden mußte. Ich war da, und ich habe das teilweise in meinem Roman *Blaubart* beschrieben. Tausende von Kriegsgefangenen wie ich waren dort freigelassen worden und trieben sich zusammen mit überlebenden Vernichtungslagerhäftlingen mit tätowierten Armen und Wahnsinnigen und überführten Gewaltverbrechern und Zigeunern und was weiß ich mit wem sonst noch herum.

Und hören Sie sich dies an: Es gab außerdem noch deutsche Soldaten, immer noch bewaffnet, aber erniedrigt, die verzweifelt jemanden suchten, dem sie sich ergeben konnten, solang es nicht die Sowjetunion war. Mein mir besonders lieber Kriegskamerad Bernard V. O'Hare und ich unterhielten uns mit einigen dieser Burschen. O'Hare, der im späteren Leben Anwalt wurde, sowohl Staatsanwalt als auch Strafverteidiger, ist jetzt im Himmel droben. Damals jedoch hörten wir, wie die Deutschen sagten, Amerika müsse jetzt das tun, was sie vorher getan hätten, nämlich die gottlosen Kommunisten bekämpfen.

Wir erwiderten, das sähen wir anders. Wir erwarteten, daß die UdSSR mehr so würde wie die USA, mit Rede- und Religionsfreiheit und fairen Prozessen und ehrlich gewählten Volksvertretern und so weiter. Wir wiederum würden versuchen, das zu tun, was sie angeblich taten, nämlich Güter und Dienstleistungen und Chancen gerechter zu verteilen: »Jeder nach seinen Fähigkeiten, jedem nach seinen Bedürfnissen.« So in der Art.

Ockhams Lehrsatz.

Und dann gingen O'Hare und ich, wir waren beide noch ziemliche Kinder, dort, auf dem Land, im Frühling, in eine nicht verteidigte Scheune. Wir wollten etwas zu essen, irgendwas zu essen. Statt dessen fanden wir einen verwundeten und offenbar im Sterben liegenden Hauptmann oder Hauptsturmführer der berüchtigt herzlosen Nazi-Schutzstaffel, der SS, in einer Heumiete. Er konnte ganz leicht, noch bis vor sehr kurzem, für die Qualen und die Pläne zur Ausrottung einiger der Überlebenden der Vernichtungslager, die jetzt hier in der Nähe waren, verantwortlich gewesen sein.

Wie alle SS-Männer, und wie alle Überlebenden der Vernichtungslager, hatte dieser Hauptsturmführer wahrscheinlich eine Seriennummer auf den Arm tätowiert. Wollen Sie mir etwa was über Nachkriegs*ironie* erzählen? Davon gab es jede Menge.

Er bat O'Hare und mich, wir sollten abhauen. Er würde bald sterben, und er sagte, darauf freue er sich schon. Als wir uns zum Gehen wandten, ohne weder im Guten noch im Bösen viel für ihn zu empfinden, räusperte er sich, um zu signalisieren, daß er doch noch etwas sagen wollte. Hier ging es wieder los mit den letzten Worten. Wenn er welche loswerden wollte, wen außer uns gab es, sie zu hören?

»Ich hab die letzten zehn Jahre meines Lebens verplempert«, sagte er.

Und Sie wollen mir was über Zeitbeben erzählen?

36

Meine Frau glaubt, ich glaubte, ich wäre ein ganz toller Hecht. Sie irrt. Ich glaube nicht, daß ich ein ganz toller Hecht bin.

Mein Held George Bernard Shaw, Sozialist und gewitzter, witziger Dramatiker, sagte, als er in den Achtzigern war, daß er, wenn er als schlau gelte, die Menschen ganz schön bemitleide, die als blöd gölten. Er sagte, nachdem er so lange gelebt habe, sei er nun endlich weise genug, um als einigermaßen kompetenter Büroboote zu arbeiten.

So komme *ich* mir vor.

Als die Stadt London Shaw ihren Verdienstorden verleihen wollte, dankte er, sagte aber, er habe ihn sich bereits selbst verliehen.

Ich hätte ihn angenommen. Ich hätte die Gelegenheit für einen Weltklasse-Witz erkannt, würde mir aber nie gestatten, komisch zu sein, wenn das bedeutet, daß sich dadurch jemand vorkommt wie etwas, was die Katze hereingeschleppt hat.

Das soll mein Grabspruch sein.

Im schwindenden Sommer von 1996 frage ich mich, ob es Ideen gab, denen ich einst anhing und die ich jetzt lieber verwerfen sollte. Ich betrachte das Beispiel, das der einzige Bruder meines Vaters, Onkel Alex, der kinderlose Harvard-Absolvent und Versicherungsvertreter in Indianapolis, gab. Er brachte mich dazu, niveauvolle sozialistische Schriftsteller wie Shaw und Norman Thomas und Eugene Debs und John Dos Passos zu lesen, als ich Teenager war und außerdem noch Modellflugzeuge baute und mir einen nach dem andern runterholte. Nach dem Zweiten Weltkrieg wurde Onkel Alex politisch so konservativ wie der Erzengel Gabriel.

Aber mir gefällt immer noch, was O'Hare und ich zu den deutschen Soldaten gesagt haben, gleich nachdem wir freigelassen worden waren: Daß Amerika sozialistischer werden, sich mehr bemühen würde, jedem Arbeit zu geben, sicherstellen, daß unsere Kinder, zuallermindest, nicht Hunger oder Kälte oder Analphabetismus oder Todesangst litten.

Na, dann viel Glück!

Ich zitiere immer noch Eugene Debs (1855-1926) aus Terre Haute, Indiana, fünfmal Präsidentschaftskandidat der Sozialistischen Partei, in allen Reden, die ich halte:

»Solange es eine Unterklasse gibt, gehöre ich ihr an; wo es ein kriminelles Element gibt, bin ich Teil davon; solange noch eine Seele im Gefängnis schmachtet, bin ich nicht frei.«

In den letzten Jahren fand ich es klug, bevor ich Debs zitierte, zu sagen, man solle ihn *ernst* nehmen. Sonst fangen viele im Publikum an zu lachen. Sie meinen es lieb, nicht böse, weil sie wissen, daß ich gern komisch bin. Es ist aber auch ein Zeichen der Zeit, daß so ein bewegendes Echo auf die Bergpredigt als überholte, total diskreditierte Pferdekacke empfunden wird.

Was es nicht ist.

37

Kilgore Trouts schrundige Dschungelsandalen knirschten auf Kristallfragmenten vom herabgefallenen Kronleuchter, als er über die Front der umgefallenen stählernen Vordertür samt Türrahmen und der Botschaft »UCK AR« hoppelte. Weil Kristallscherben auf Tür und Rahmen lagen und nicht darunter, hätte ein Gutachter in einem Prozeß, falls es je zu einem Prozeß gegen den kriminellen Bauunternehmer gekommen wäre, aussagen müssen, daß das Werk des Schurken zuerst fiel. Der Kronleuchter muß noch ein, zwei Sekunden lang geschaukelt haben, bevor er die Schwerkraft tun ließ, was die Schwerkraft offensichtlich gern mit *allem* getan hätte.

Der Rauchmeldealarm in der Gemäldegalerie klingelte immer noch, »wahrscheinlich«, wie Trout später sagte, »klingelte er aus eigenem freien Willen weiter«. Er scherzte, machte sich, wie es seine Gewohnheit war, lustig über die Vorstellung, es hätte jemals einen freien Willen für wen auch immer oder was auch immer gegeben, Wiederholung oder nicht.

Die Türklingel der Akademie dagegen war verstummt, als die Feuerwehr auf Zoltan Pepper prallte. Hierzu wieder Trout: »Sprach die Klingel, stillschweigend: ›Vorläufig kein Kommentar.‹«

Trout selbst trat, wie ich bereits sagte, für freien Willen ein, als er die Akademie betrat, und rief dabei gleichzeitig die jüdisch-christliche Gottheit an: »Aufwachen! Herr Gott noch mal, wacht auf, wacht auf! Freier Wille! Freier Wille!«

Später sagte er in Xanadu, selbst wenn er an jenem Nachmittag und Abend ein Held gewesen wäre, sei, daß er die Akademie betreten habe und sich als, wie er sagte, »Paul Revere im Raum-Zeit-Kontinuum aufgespielt« habe, dies »ein Akt schierer Feigheit« gewesen.

Er suchte Schutz vor dem anschwellenden Lärm, der vom Broadway herüberdrang, und vor dem Geräusch wirklich ernster Explosionen aus anderen Stadtteilen. Anderthalb Meilen südlich, nahe dem Grabmal von Ulysses S. Grant, pflügte ein massiver Müllwagen aus Mangel an ernsthafter Steuerung durch die Eingangshalle eines Apartmenthauses und in die Wohnung des Hausmeisters, wo er den Gasherd umhaute. Die abgebrochene Leitung dieses größeren Geräts erfüllte Treppenhaus und Aufzugschacht dieses fünfstöckigen Gebäudes mit Methan, versetzt mit Stinktiergeruch. Die meisten Mieter lebten von der Stütze.

Und dann KA-BUMM!

»Ein Unfall, der nur darauf gewartet hatte, endlich passieren zu dürfen«, sagte Kilgore Trout in Xanadu.

Der alte Science-fiction-Autor wollte den bewaffneten und uniformierten Dudley Prince zu Taten aufstacheln, gestand er später, damit er selbst nichts weiter unternehmen mußte.

»Freier Wille! Freier Wille! Feuer! Feuer!« schrie er Prince an.

Prince bewegte keinen Muskel. Er zuckte mit der Wimper, aber das war ein Reflex und kein freier Wille, wie bei mir und der Hühnersuppe mit Nudeln. Ein Gedanke, der Prince, wie er später berichtete, erfüllte, war, wenn er jetzt einen Muskel bewegte, könnte er sich im Hochsicherheitstrakt der Justizvollzugsanstalt des Staates New York zu Athena und im Jahre 1991 wiederfinden.

Verständlich!

So ließ Trout Prince zunächst stehen, wo er stand, und suchte weiter, eingestandenermaßen nach *numero uno*. Ein Rauchmelder schrillte wie blöd. Wenn das Gebäude wirklich in Flammen stand und der Brand nicht unter Kontrolle gebracht werden konnte, dann mußte Trout einen anderen Ort finden, an dem sich ein älterer Mitbürger verkriechen konnte, bis sich, was immer sich draußen abspielte, einigermaßen beruhigt hatte.

Er fand eine brennende Zigarre auf einer Untertasse in der Gemäldegalerie. Die Zigarre, obschon überall im Landkreis New York illegal, stellte noch keine Gefahr dar und würde wohl auch nie eine darstellen, höchstens für sich selbst. Der Mittelpunkt ihres Rauminhalts war sicher in der Untertasse zentriert, so daß sie, während sie still Sauerstoff verbrauchte, den Behelfsaschenbecher nicht verlassen würde. Der Rauchmelder jedoch gellte über das Ende der Zivilisation, wie wir sie kannten.

Trout faßte in *Meine zehn Jahre auf Autopilot* zusammen, was er an jenem Nachmittag zu dem Rauchmelder hätte sagen sollen: »Unsinn! Reiß dich am Riemen, du hirnloser Nervenzusammenbruch!«

Hier kommt jetzt der unheimliche Teil: Außer Trout befand sich niemand in der Galerie!

Konnte es sein, daß die Amerikanische Akademie der Künste von Poltergeistern heimgesucht wurde?

38

Heute, am Freitag, dem 23. August 1996, habe ich einen guten Brief von einem jungen Fremden namens Jeff Mihalich bekommen, von serbischer oder kroatischer Abstammung, rate ich mal, der an der Universität von Illinois in Urbana Physik als Hauptfach belegt hat. Jeff sagt, in der Schule habe ihm der Physikunterricht einen Riesenspaß gemacht und er habe immer die besten Zensuren gekriegt, aber »seitdem ich an der Uni Physik studiere, habe ich nichts wie Ärger damit. Das war ein ziemlicher Schlag für mich, weil ich mich daran gewöhnt hatte, in der Schule gut in Physik zu sein. Ich dachte, ich würde alles schaffen, wenn ich nur doll genug wollte.«

Meine Erwiderung wird folgendermaßen lauten: »Vielleicht haben Sie mal Lust, den Schelmenroman *Die Abenteuer des Augie March* von Saul Bellow zu lesen. Die Epiphanie am Schluß, wenn ich mich recht erinnere, geht so, daß wir uns keine qualvollen Herausforderungen aussuchen sollten, sondern lieber Aufgaben, die wir natürlich und interessant finden, Aufgaben, zu deren Bewältigung wir offensichtlich geboren sind.

Was nun den Zauber der Physik betrifft: Zwei der unterhaltsamsten Themen, die in der Schule oder auf dem College gelehrt werden, sind *Mechanik* und *Optik*. Jenseits dieser spielerischen Disziplinen jedoch liegen Kopfspiele, zu deren Beherrschung man ebenso von angeborenem Talent abhängig ist wie für das Waldhorn- oder das Schachspiel.

Über angeborenes Talent als solches sage ich in meinen Reden: ›Wenn Sie in eine große Stadt gehen, und eine Universität ist eine große Stadt, laufen Sie früher oder später Wolfgang Amadeus Mozart über den Weg. Bleiben Sie zu Hause, bleiben Sie zu Hause.‹«

Um es anders auszudrücken: Egal, was ein junger Mensch glaubt, was für ein toller Hecht er oder sie ist, was er oder sie so gut kann, früher oder später wird er oder sie auf demselben Gebiet jemandem über den Weg laufen, der ihm oder ihr ein neues Arschloch kerben wird, sozusagen.

Ein Freund aus Kindheitstagen, William H. C. »Skip« Failey, der vor vier Monaten starb und jetzt im Himmel droben ist, hatte, als er im zweiten Jahr auf der High School war, gute Gründe, sich im Pingpong für unschlagbar zu halten. Ich selbst bin auch nicht gerade ein Schlurf im Pingpong, aber gegen Skip hatte ich keine Lust. Er schnitt seine Bälle beim Aufschlag so gemein an, daß ich, egal, wie ich zu parieren versuchte, im voraus wußte, daß mir der Ball in die Nase oder aus dem Fenster oder zurück in die Fabrik fliegen würde, überallhin, nur nicht auf den Tisch.

Im vorletzten Studienjahr jedoch spielte er gegen unseren Kommilitonen Roger Downs. Hinterher sagte Skip: »Roger hat mir ein neues Arschloch gekerbt.«

Fünfunddreißig Jahre später hielt ich an einer Universität in Colorado eine Vorlesung, und wer saß im Hörsaal, wenn nicht Roger Downs! Roger war da oben Geschäftsmann geworden und bei Alte-Herren-Tennisturnieren sehr geschätzt. Also gratulierte ich ihm dazu, vor so langer Zeit Skip eine Lektion in Tischtennis verpaßt zu haben.

Roger war begierig, alles zu hören, was Skip nach jenem Showdown gesagt haben mochte. Ich sagte: »Skip hat gesagt, du hättest ihm ein neues Arschloch gekerbt.« Roger war zutiefst befriedigt, und dazu hatte er ja auch allen Grund.

Ich habe nicht nachgefragt, aber die chirurgische Metapher konnte ihm nicht fremd gewesen sein. Darüber hinaus dürfte Roger ebenfalls, da das Leben nun mal ein Darwinsches Experiment oder, wie Trout es nannte, »eine Schatztruhe voller Scheiße« ist, mehr als einmal ein Tennisturnier verlassen haben, nachdem seine Selbstachtung sich einer Kolostomie hatte unterziehen müssen.

Noch eine Nachricht von diesem Tag im August, auf halbem Wege durch die Wiederholung, während ein weiterer Herbst näher rückt: Mein großer Bruder Bernie, der geborene Naturwissenschaftler, der vielleicht mehr über die elektrische Aufladung von Gewittern weiß als irgendwer sonst, hat eine unweigerlich tödlich verlaufende Art von Krebs, zu weit fortgeschritten, um sich von den drei onkologisch-apokalyptischen Reitern, Chirurgie, Chemotherapie und Bestrahlung, entmutigen zu lassen.

Bernie fühlt sich immer noch prima.

Es ist viel zu früh, um darüber zu sprechen, aber wenn er, Gott behüte, stirbt, finde ich, sollte seine Asche nicht auf den Friedhof von Crown Hill in Indianapolis zu Jamens Whitcomb Riley und zu John Dillinger kommen, die beide nur Indiana gehörten. Bernie gehört der ganzen Welt.

Bernies Asche sollte über dem Schirm (oder Amboß) einer hoch aufragenden gewitterhaltigen Haufenwolke verstreut werden.

39

Da war also Roger Downs, aus Indianapolis, in Colorado. Hier bin ich, aus Indianapolis, in South Fork, Long Island, New York. Die Asche meiner indianapolitanischen Frau Jane Marie Cox vermischt sich, anonym, in Barnstable Village, Massachusetts, mit den Wurzeln eines blühenden Kirschbaums. Die Äste dieses Baumes sind von dem Anbau, den Ted Adler von unten bis oben neu gebaut hat, wonach er sagte: »Wie hab ich das verdammt noch mal bloß ge*macht*?«, zu sehen.

Der eine Trauzeuge bei Janes und meiner Hochzeit in Indianapolis, Benjamin Hitz aus Indianapolis, ist jetzt Witwer in Santa Barbara, Kalifornien. Ben ist dieses Frühjahr mehrmals mit einer Kusine von mir aus Indianapolis ausgegangen. Sie lebt als Witwe in Maryland an der See, und meine Schwester ist in New Jersey gestorben, und mein Bruder, obwohl er sich jetzt noch nicht so fühlt, stirbt gerade in Albany, New York.

David Craig, mein Kumpel aus Kindertagen, der während des Zweiten Weltkriegs ein Radio in einem deutschen Panzer vom Spielen volkstümlicher Musik abhielt, ist Bauunternehmer in New Orleans. Meine Kusine Emmy, deren Dad mir sagte, endlich sei ich ein Mann, als ich aus dem Krieg nach Hause kam, und die in Physik meine Laborpartnerin in der Shortridge High School war, wohnt nur dreißig Meilen östlich von Dave in Louisiana. *Diaspora!*

Warum sind so viele von uns aus einer Stadt abgehauen, die unsere Vorfahren erbauten, wo unsere Familiennamen einen guten Klang hatten, deren Straßen und Sprechweise so vertraut waren und wo, wie ich letzten Juni in der Butler University sagte, tatsächlich das Beste und das Schlimmste der westlichen Zivilisation zu finden war? *Abenteuer!*

Es kann auch sein, daß wir dem machtvollen Sog, nein, nicht der Schwerkraft, die saugt überall, des Crown-Hill-Friedhofs entrinnen wollten.

Crown Hill hat meine Schwester Allie gekriegt. Jane hat er nicht gekriegt. Meinen großen Bruder Bernie kriegt er auch nicht. Mich kriegt er auch nicht.

1990 hielt ich an einer Universität im südlichen Ohio eine Vorlesung. Die hatten mich in einem Motel in der Nähe untergebracht. Als ich nach meiner Rede in das Motel zurückkehrte und meinen üblichen Scotch mit Soda einnahm, um wie ein Baby schlafen zu können, was die Art ist, wie ich am liebsten schlafe, war die Bar ansprechend mit offenbar einheimischen alten Leuten bevölkert, die einander wirklich zu mögen schienen. Sie hatten viel zu lachen. Sie waren sämtlich Komiker.

Ich fragte den Barmann, wer sie waren. Er sagte, sie seien das fünfzigste Klassentreffen des Abiturjahrgangs 1940 der Zanesville High School. Das sah wirklich nett aus. Das sah wirklich prima aus. Ich war Abiturjahrgang 1940 der Shortridge High School und schwänzte an dem Abend mein eigenes Klassentreffen.

Diese Leute hätten Figuren aus *Unsere kleine Stadt* von Thornton Wilder sein können, aus einem Stück, wie es süßer gar nicht denkbar ist.

Sie und ich waren so alt, daß wir uns an die Zeiten erinnern konnten, als es ökonomisch noch nicht so wichtig war, ob man studiert hatte oder nicht. Man konnte es immer noch zu etwas bringen. Und damals sagte ich meinem Vater, ich wollte vielleicht doch nicht wie mein großer Bruder Bernie Chemiker werden. Ich könnte ihm eine Tonne Geld sparen, wenn ich statt dessen für eine Zeitung arbeitete.

Das müssen Sie verstehen: Ich konnte nur aufs College gehen, wenn ich die gleichen Kurse belegte wie mein Bruder. Vater und Bernie hatten sich darauf geeinigt. Jede andere

Sorte höherer Ausbildung war das, was sie *schmückend* nannten. Sie lachten über Onkel Alex, den Versicherungsvertreter, weil sein Studium in Harvard so *schmückend* gewesen war.

Vater sagte, ich sollte lieber mal mit seinem guten Freund Fred Bates Johnson sprechen, einem Rechtsanwalt, der als junger Mann bei der inzwischen eingegangenen, damals den Demokraten nahestehenden Tageszeitung *The Indianapolis Times* gearbeitet hatte.

Ich kannte Mr. Johnson ziemlich gut. Vater und ich waren mit ihm oft in Brown County Kaninchen und Vögel jagen gegangen, bevor Allie so heftig weinte, daß wir es aufgeben mußten. Er fragte mich in seiner Kanzlei und lehnte sich dabei auf seinem Drehstuhl zurück, die Augen zu Schlitzen verengt, wie ich meine Karriere als Journalist anzufangen plante.

»Nun, Sir«, sagte ich, »ich dachte, ich könnte einen Job beim *Culver Citizen* kriegen und da dann drei bis vier Jahre arbeiten. Ich kenne die Gegend da ziemlich gut.« Culver lag am Lake Maxincuckee im nördlichen Indiana. Wir hatten da ein Sommerhäuschen am See.

»Und dann?« sagte er.

»Mit der Erfahrung«, sagte ich, »sollte ich einen Job bei einer sehr viel größeren Zeitung kriegen können, vielleicht in Richmond oder Kokomo.«

»Und dann?« sagte er.

»Nach etwa fünf Jahren bei so einer Zeitung«, sagte ich, »bin ich, glaube ich, bereit, es mit Indianapolis zu versuchen.«

»Entschuldigung«, sagte er, »aber ich muß mal eben telefonieren.«

»Natürlich«, sagte ich.

Er drehte sich um, so daß er mir beim Telefonieren den Rücken zukehrte. Er sprach leise, aber ich versuchte gar nicht mitzuhören. Ich dachte mir, das geht mich sowieso nichts an.

Er legte den Hörer auf und drehte sich herum, um mich wieder anzublicken. »Gratuliere!« sagte er. »Sie haben einen Job bei der *Indianapolis Times*.«

40 Ich ging ins weit entfernte Ithaca, New York, aufs College, anstatt für *The Indianapolis Times* zu arbeiten. Seitdem habe ich mich, genau wie Blanche DuBois in *Endstation Sehnsucht*, immer auf die Freundlichkeit von Fremden verlassen.

Inzwischen, nur noch fünf Jahre vor dem Picknick in Xanadu, denke ich an den Mann, der ich hätte sein können, einen Mann, der sein Leben als Erwachsener unter denen verbracht hätte, mit denen er zur Schule gegangen war, und eine Stadt geliebt und gehaßt hätte, wie seine Eltern und Großeltern es getan hatten, die seine Heimatstadt gewesen wäre.

Er ist fort!

> *Fünf Faden tief liegt Vater dein.*
> *Sein Gebein wird zu Korallen,*
> *Perlen sind die Augen sein.*
> *Nichts an ihm, das soll verfallen,*
> *Das nicht wandelt Meeres-Hut*
> *In ein reich' und seltnes Gut.*

Er hätte mehrere Witze gekannt, die auch ich kenne, wie den, den Fred Bates Johnson mal erzählt hat, als Vater und ich, da war ich noch ein kleiner Junge, und noch ein paar andere zum Jagen in Brown County waren. Fred erzählte von einer anderen Jagdpartie, bei der es in Kanada auf Rotwild und Elche ging. Einer mußte kochen, sonst wären alle verhungert.

Sie losten mit Strohhalmen aus, wer kochen sollte, während die anderen von früh bis spät jagen gingen. Um den Witz unmittelbarer zu gestalten, erzählte Fred, mein Vater habe das kurze Stück Stroh gezogen. Vater konnte kochen. Mutter konnte nicht kochen. Sie war stolz darauf, daß sie nicht kochen konnte, und sie weigerte sich, Geschirr zu spülen und so weiter. Ich besuchte immer gern andere Kinder zu Hause, wo die Mütter so was taten.

Die Jäger einigten sich darauf, daß der erste, der sich über Vaters Küche beschwerte, zum Koch ernannt wurde. Also kochte Vater immer gräßlichere Mahlzeiten, während die anderen sich wie Bolle im Wald amüsierten. Egal jedoch, wie abscheulich ein Abendessen geraten war, die Jäger priesen es in höchsten Tönen als kulinarische Höchstleistung und hieben Vater auf den Rücken und so weiter.

Nachdem sie eines Morgens aufgebrochen waren, fand Vater einen Haufen frische Elchscheiße. Er briet ihn in Motorenöl. Abends servierte er ihn als Hackbraten.

Der erste Typ, der davon probierte, spuckte es wieder aus. Er *konnte* gar nicht anders! Prustend sagte er: »Herr im Himmel! Das schmeckt ja wie in Motorenöl gebratene Elchscheiße!«

Doch dann fügte er hinzu: »Aber *lecker*, aber *lecker*!«

Ich glaube, Mutter wurde zur Nutzlosigkeit erzogen, weil ihr Vater, der Brauer und Spekulant Albert Lieber, glaubte, Amerika werde eine Aristokratie nach europäischem Vorbild haben. Beweis der Mitgliedschaft in einer solchen Kaste hier drüben wären dann ebenfalls, so mußte er es sich überlegt haben, Ehefrauen und Töchter, welche schmückend waren.

41

Ich glaube nicht, daß ich viel verpaßt habe, als es mir nicht gelang, einen Roman über Albert Lieber zu schreiben und darüber, wie er großenteils am Selbstmord meiner Mutter, am Vorabend des Muttertags 1944, schuld war. Deutschamerikanern in Indianapolis fehlt es an Universalität. Sie wurden noch nie verständnisvoll oder auch nur schurkisch in Filmen oder Büchern oder Theaterstücken stereotyp vorgeführt. Ich hätte alles von Anfang an erklären müssen.

Na, viel Glück!

Der große Kritiker H. L. Mencken, ebenfalls Deutschamerikaner, der aber sein ganzes Leben lang in Baltimore, Maryland, verbracht hat, gestand, er habe Schwierigkeiten gehabt, sich auf die Romane von Willa Cather zu konzentrieren. Er konnte sich noch so sehr bemühen, er brachte einfach nicht das nötige Interesse für tschechische Einwanderer in Nebraska auf. Gleiches Problem.

Ich will nur der Vollständigkeit halber erwähnen, daß die erste Frau meines Großvaters Albert Lieber, Alice, geborene Barus, namensgleich mit meiner Schwester Allie, bei der Geburt ihres dritten Kindes starb, welches Onkel Rudy war. Mutter war ihr erstes gewesen. Das mittlere Kind war Onkel Pete, der am Massachusetts Institute of Technology scheiterte, aber nichtsdestotrotz einen Kernphysiker zeugte, meinen Vetter Albert in Del Mar, Kalifornien. Vetter Albert berichtet, daß er gerade blind geworden ist.

Es ist nicht die Strahlung, die Vetter Albert blind gemacht hat. Es ist etwas anderes, was jedem hätte passieren können, Naturwissenschaftler oder nicht. Vetter Albert wiederum zeugte einen Naturwissenschaftler, der nichts mit Atomkernen zu tun hat, eine Computerkanone.

Wie Kilgore Trout von Zeit zu Zeit auszurufen pflegte: »Das Leben geht weiter!«

Worauf ich hinauswill, ist, daß Mutters Vater, Brauer, hohes Tier bei den Republikanern und neuaristokratischer Bonvivant, eine Geigerin heiratete, als seine erste Frau gestorben war. Es stellte sich heraus, daß sie klinisch plemplem war. Echt wahr! Manche Frauen sind so! Sie haßte seine Kinder mit Inbrunst. Sie war eifersüchtig auf seine Liebe zu ihnen. Sie wollte die komplette Show sein. Manche Frauen wollen das!

Diese üble Schreckschraube, die die Fiedel spielen konnte wie nichts Gutes, machte Mutter und Onkel Pete und Onkel Rudy in ihren entscheidenden Jahren das Leben dermaßen zur Hölle, bevor Großvater Lieber sich von ihr scheiden ließ, daß sie nie darüber weggekommen sind.

Hätte es einen ernstzunehmenden Anteil potentieller Buchkäufer gegeben, die sich vielleicht für reiche Deutschamerikaner in Indianapolis interessierten, hätte ich mit Leichtigkeit einen Roman von epischer Länge herausgehauen, in welchem demonstriert wird, daß mein Großvater tatsächlich meine Mutter *ermordet* hat, wenngleich sehr langsam, indem er sie schon vor so langer Zeit belogen und betrogen hatte!

»Klingeling, du Scheißkerl!«
Arbeitstitel: *Vom Winde verweht.*

Als Mutter meinen Vater heiratete, einen jungen Architekten in bescheidenen Verhältnissen, überhäuften Politiker und Saloon-Wirte und die Creme der deutschamerikanischen Gesellschaft von Indianapolis die beiden mit Schätzen: Gläsern, Tisch- und Bettwäsche und Porzellan und Silber und sogar etwas Gold.

Scheherazade!
Wer konnte damals bezweifeln, daß sogar Indiana seine eigene ererbte Aristokratie hatte, mit nutzlosen Besitztümern,

die dem Besitz von Pferdeärschen auf der anderen Halbkugel den Rang ablaufen konnten?

Während der Wirtschaftskrise kam es meinem Bruder und meiner Schwester und unserem Vater und mir wie ein großer Haufen Schrott vor. Jetzt ist er genauso weitläufig verstreut wie die Abiturklasse von 1940 der Shortridge High School.

Auf Wiedersehen.

42 Ich hatte immer Schwierigkeiten, Kurzgeschichten so enden zu lassen, daß sie eine breitere Öffentlichkeit zufriedenstellten. Im richtigen Leben wie auch beim zweiten Durchgang, der auf ein Zeitbeben folgt, ändern sich die Menschen nicht, lernen nichts aus ihren Fehlern und entschuldigen sich nicht. In einer Kurzgeschichte müssen sie mindestens zwei dieser drei Dinge tun, sonst kann man sie auch gleich wieder in den deckellosen Abfallbehälter aus Draht schmeißen, welcher an den Hydranten vor der Amerikanischen Akademie der Künste gekettet und mit einem Vorhängeschloß gesichert ist.

Okay, damit konnte ich dienen. Aber nachdem ich eine Figur dazu gebracht hatte, daß sie sich änderte und/oder was lernte und/oder sich entschuldigte, stand die übrige Besetzung mit dem Daumen im Arsch herum. Das ist keine Art, dem Leser zu sagen, daß die Show vorbei ist.

Als ich noch grün war im Gefühl und kühl im Urteil und sowieso nie darum gebeten hatte, geboren zu werden, fragte ich meinen damaligen literarischen Agenten um Rat, wie man Geschichten enden läßt, ohne alle Figuren umzubringen. Er war Belletristik-Redakteur einer bedeutenden Zeitschrift und auch noch Story-Berater bei einer Filmgesellschaft in Hollywood gewesen.

Er sagte: »Nichts könnte simpler sein, lieber Junge: Der Held besteigt sein Pferd und reitet in den Sonnenuntergang davon.«

Viele Jahre später brachte er sich um, mit Absicht, mit einer Flinte vom Kaliber 12.

Ein anderer seiner Freunde und Kunden sagte, er hätte niemals Selbstmord begehen können; *das paßte doch gar nicht zu ihm.*

Ich erwiderte: »Sogar mit militärischer Ausbildung kann sich kein Mensch aus Versehen mit einer Flinte den Schädel wegpusten.«

Vor vielen Jahren, das ist so lange her, daß ich noch Student an der Uni von Chicago war, führte ich ein Gespräch mit dem Dozenten, der für meine Diplomarbeit zuständig war, über Kunst im allgemeinen. Zu der Zeit hatte ich noch nicht die geringste Ahnung, daß ich dereinst persönlich irgendwas mit irgendeiner Art von Kunst zu tun haben würde.

Er sagte: »Wissen Sie, was Künstler sind?«
Ich wußte es nicht.
»Künstler«, sagte er, »sind Menschen, die sagen: ›Ich kann mein Land oder meinen Bundesstaat oder meine Stadt oder auch nur meine Ehe nicht in Ordnung bringen. Aber, Menschenskind, ich kann dies Rechteck aus Leinwand oder dies DIN-A-Blatt Papier oder diesen Klumpen Ton oder diese zwölf Takte Musik genau zu dem machen, was sie sein *sollten*!‹«

Etwa fünf Jahre später tat er das, was Hitlers Propagandaminister und seine Frau und deren Kinder gegen Ende des Zweiten Weltkriegs taten. Er schluckte Kaliumzyanid.

Ich schrieb seiner Witwe einen Brief, in dem stand, wieviel mir sein Unterricht bedeutet hätte. Ich bekam keine Antwort. Vielleicht hatte sie der Kummer überwältigt. Oder aber sie war stinksauer auf ihn, weil er sich auf die billige davongestohlen hatte.

In genau diesem Sommer habe ich den Romancier William Styron in einem chinesischen Restaurant gefragt, wie viele Menschen auf dem ganzen Planeten wohl das führen, was wir führen, nämlich ein lebenswertes Leben. Wir einigten uns auf *siebzehn Prozent.*

Am nächsten Tag ging ich in Midtown-Manhattan mit einem alten Freund spazieren, einem Arzt, der alle Sorten von

Süchtigen im Bellevue Hospital behandelt. Viele seiner Patienten sind obdachlos und auch noch HIV-positiv. Ich berichtete ihm von Styrons und meiner Zahl von siebzehn Prozent. Er sagte, das höre sich ganz plausibel an.

Wie ich bereits an anderem Orte schrieb, ist dieser Mann ein Heiliger. Ich definiere einen Heiligen als jemanden, der sich in einer unanständigen Gesellschaft anständig verhält.

Ich fragte ihn, warum nicht die Hälfte seiner Patienten im Bellevue Selbstmord begehe. Er sagte, auf diese Frage sei er auch schon gekommen. Manchmal frage er sie, als wäre das ein unscheinbarer Teil der Routinediagnose, ob sie je an Selbstzerstörung dächten. Er sagte, fast ohne Ausnahme zeigten sie sich ob dieser Frage erstaunt und beleidigt. An *so was Krankes* hätten sie ja noch nie gedacht!

Etwa zu diesem Zeitpunkt kamen wir an einem seiner früheren Patienten vorbei, der einen Plastikbeutel mit Weißblechdosen schleppte, die er gesammelt hatte. Er war einer von Kilgore Trouts »heiligen Rindviechern«, irgendwie wunderbar trotz seiner wirtschaftlichen Nutzlosigkeit.

»Tag, Doc«, sagte er.

43

Frage: Was ist das weiße Zeug in Vogelscheiße?
Antwort: Das ist ebenfalls Vogelscheiße.

Soviel zum Thema Naturwissenschaft und wie hilfreich sie in dieser Zeit der Umweltkatastrophen sein kann. Tschernobyl ist immer noch heißer als ein Kinderwagen in Hiroshima. Unsere Deo-Sprays haben Löcher in die Ozonschicht gefressen.

Kunst oder nicht?

Und hören Sie sich dies mal an: Mein großer Bruder Bernie, der ums Verrecken nicht zeichnen kann und der, wenn er besonders unausstehlich sein wollte, zu sagen pflegte, er möge keine Gemälde, weil sie nichts *täten*, nur Jahr für Jahr dahingen, ist in diesem Sommer Künstler geworden!

Ich will, auf Ehr', Sie nicht verarschen! Dieser Dr. phil. chem. vom MIT ist jetzt der Jackson Pollock für Arme! Er sprutzelt Glibsch von verschiedener Farbe und Konsistenz zwischen zwei glatte Oberflächen aus undurchsichtigem Material, wie Fensterscheiben oder Badezimmerfliesen. Dann zieht er sie auseinander, *et voilà*! Das hat nichts mit seinem Krebs zu tun. Als er damit anfing, wußte er noch nicht, daß er ihn hatte, und das Bösartige war auf jeden Fall in seiner Lunge und nicht in seinem Hirn. Nein, er blödelte nur eines Tages so herum, ein halb-pensionierter alter Zausel ohne Frau, die ihn hätte fragen können, was um Gottes willen er denn jetzt schon wieder anstellt, *et voilà*! Besser spät als nie, kann ich dazu nur sagen.

Also schickte er mir ein paar Schwarzweißxerokopien seiner schnörkeligen Miniaturen, meist dendritische Formen, vielleicht Bäume oder Sträucher, vielleicht Pilze oder durchlöcherte Regenschirme, aber wirklich ganz interessant. Wie mein Gesellschaftstanz, so waren auch sie *annehmbar*. Seitdem hat er mir auch noch mehrfarbige Originale geschickt, und die mag ich sehr.

Die Botschaft jedoch, die er mir zusammen mit den Xeroxen schickte, handelte nicht von unerwartetem Glück. Es war die Kampfansage eines ungeläuterten Technokraten an die kunstgewerbetreibenden freischwebenden Arschlöcher, von denen ich ein ganz besonders prächtiges Exemplar bin. »Ist dies Kunst oder nicht?« fragte er. Vor fünfzig Jahren hätte er diese Frage natürlich noch nicht stellen können, vor der Gründung der ersten rein amerikanischen Schule der Malerei, des Abstrakten Expressionismus im allgemeinen und der Gottwerdung von Jack the Dripper im besonderen, von Jackson Pollock, der ebenfalls ums Verrecken nicht zeichnen konnte.

Bernie schrieb darüber hinaus, es sei dabei noch ein sehr interessantes *naturwissenschaftliches Phänomen* am Werk, und das habe, so ließ er mich raten, damit zu tun, wie verschiedene Glibsche sich verhalten, wenn sie so oder anders gesprutzelt werden und nirgends hin können außer nach oben, nach unten oder zur Seite. Wenn die Welt der freischwebenden Arschlöcher, schien er andeuten zu wollen, keinen Bedarf an seinen Bildern hatte, konnten seine Bilder immer noch den Weg zu besseren Schmiermitteln oder Sonnenölen weisen oder wer weiß? Zum von Grund auf nagelneuen Hämorrhoidalzäpfchen!

Er wollte seine Bilder nicht signieren, sagte er, oder öffentlich zugeben, daß er sie gemacht hatte, oder beschreiben, wie sie hergestellt wurden. Er erwartete offenkundig, daß aufgeblasene Kritiker Flintenkugeln schwitzten und ansehnliche Klumpen Baumaterials ausschieden, wenn sie versuchten, eine Antwort auf seine listig unschuldige Frage zu finden: »Kunst oder nicht?«

Gern antwortete ich mit einer Epistel, welche schlicht rachsüchtig war, weil er und Vater mir mein College-Studium der Geisteswissenschaften vermasselt hatten: »Lieber Bruder: Dies ist fast, als müßte ich Dir die Sache mit den Bienen erklären«, begann ich. »Es gibt viele wertvolle Menschen, welche sich durch manche, nicht alle, Arrangements von Farben und Formen auf flacher Oberfläche aus Menschenhand günstig stimulieren lassen, also im wesentlichen durch *Unsinn*.

Du selbst läßt Dich durch manche Musik erfreuen, Arrangements von Geräuschen und wieder im wesentlichen *Unsinn*. Wenn mir danach wäre, einen Eimer die Kellertreppe hinunterzutreten und Dir dann zu sagen, der Krach sei philosophisch auf einer Ebene mit der *Zauberflöte* anzusiedeln, so wäre dies nicht der Anfang einer langen und gereizten Debatte. Eine zutiefst befriedigende und vollständige Reaktion Deinerseits würde lauten: ›Was Mozart machte, mag ich, und was der Eimer machte, hasse ich.‹

Die Betrachtung eines vorgeblichen Kunstwerks ist eine soziale Tätigkeit. Entweder hat man seine Zeit nutzbringend verbracht, oder man hat es nicht. Man braucht hinterher nicht zu sagen, *warum*. Man braucht gar nichts zu sagen.

Du wirst mit Recht als Experimentator verehrt, lieber Bruder. Wenn Du wirklich wissen willst, ob Deine Bilder, wie Du sagst, ›Kunst oder nicht‹ sind, mußt Du sie irgendwo an einem öffentlichen Ort ausstellen und abwarten, ob Fremde sie gern betrachten. So wird das Spiel gespielt. Sag mir Bescheid, was passiert.«

Ich fuhr fort: »Menschen, welche manche Gemälde oder Drucke oder was auch immer zu mögen in der Lage sind, schaffen dies nur selten, ohne etwas über den Künstler zu wissen. Wieder ist die Lage eher eine gesellschaftliche denn eine naturwissenschaftliche. Jedes Kunstwerk ist ein halbes Gespräch zwischen zwei Menschenwesen, und es ist sehr hilfreich zu wissen, wer mit einem spricht. Hat er oder sie den Ruf, ernsthaft, religiös, leidensfähig, lüstern, rebellisch, wahrhaftig, witzig zu sein?

Es gibt so gut wie keine respektierten Gemälde von Menschen, über die wir null wissen. Sogar über das Leben derer, welche die Gemälde in den Höhlen unter Lascaux, Frankreich, angefertigt haben, können wir einiges vermuten.

Ich wage die Behauptung, daß kein Gemälde ernsthafte Aufmerksamkeit auf sich lenken kann, ohne daß ein bestimmtes Menschenwesen im Geiste des Betrachters damit verbunden wäre. Wenn Du nicht willens bist, Dich als Urheber Deiner Bilder zu bekennen und zu sagen, warum Du hofftest, andere könnten sie einer Prüfung wert befinden, dann wird kein Schuh draus.

Bilder sind berühmt ob ihrer Menschlichkeit, nicht ob ihrer Bildlichkeit.«

Ich fuhr fort: »Außerdem gibt es noch die Kunstfertigkeit. Echte Bilderliebhaber *spielen* gern *mit*, sozusagen, betrachten gern eingehend die Oberfläche, sehen gern, wie die Illusion geschaffen wurde. Wenn Du nicht willens bist zu sagen, wie Du Deine Bilder gemacht hast, wird abermals kein Schuh draus.

Viel Glück und Liebe, wie immer«, schrieb ich. Und schrieb meinen Namen drunter.

44

Ich selber male Bilder auf Acetatbogen mit schwarzer Tusche. Ein Künstler, halb so alt wie ich, Joe Petro III, der in Lexington, Kentucky, lebt und arbeitet, fertigt davon Seidensiebdrucke an. Ich male dann auf einen separaten Acetatbogen, wieder in opakem Schwarz, für jede Farbe, die Joe verwenden soll. Ich sehe meine Bilder, die ich ausschließlich in Schwarz gemalt habe, nicht in Farbe, bis Joe sie gedruckt hat, immer eine Farbe nach der anderen.

Ich mache Negative für seine Positive.

Es mag leichtere, schnellere und billigere Methoden geben, Bilder zu erschaffen. Damit hätten wir mehr Zeit für Golf und für den Bau von Modellflugzeugen und zum Wichsen. Das sollten wir mal erwägen. Joes Studio sieht aus wie irgendwas aus dem Mittelalter.

Ich kann Joe gar nicht genug dafür danken, daß er mich Negative für seine Positive machen läßt, seitdem der kleine Sender in meinem Kopf keine Botschaften mehr daher empfängt, wo die brillanten Ideen herkommen. Die Kunst ist so *absorbierend*.

Sie ist ein *Feudel*.

Hören Sie zu: Vor nur drei Wochen, als ich dies bereits schrieb, eröffneten Joe und ich eine Ausstellung mit sechsundzwanzig unserer Drucke in der 1/1 Gallery in Denver, Colorado. Eine dortige Mikrobrauerei, Wynkoop, füllte aus dem Anlaß ein Spezialbier ab. Das Etikett war eines meiner Selbstporträts. Das Bier hieß *Kurt's Mile-High Malt*.

Finden Sie das etwa nicht komisch? Dann hören Sie weiter zu: Das Bier war, auf meinen Vorschlag, ganz leicht mit Kaffee versetzt. Was war daran so toll? Einmal schmeckte es echt gut, aber es war auch eine Hommage an meinen Großvater mütterlicherseits, Albert Lieber, welcher Brauer war, bis er 1920 wegen der Prohibition dichtmachen mußte. Die geheime Zutat in dem Bier, welches eine Goldmedaille für die indianapolitanische Brauerei auf der Weltausstellung in Paris von 1889 gewann, war Kaffee!

Klingeling!

Ist Denver immer noch nicht komisch genug? Na gut, wie ist es dann damit, daß der Typ, dem die Wynkoop-Brauerei gehört, ein Mann, etwa so alt wie Joe, John Hickenlooper heißt? Na und? Nur dies: als ich vor sechsundfünfzig Jahren auf die Cornell University ging, um Chemiker zu werden, war ich Verbindungsbruder eines Mannes namens John Hickenlooper.

Klingeling?

Das war sein Sohn! Mein Verbindungsbruder war gestorben, als sein Sohn erst sieben Jahre alt war. Ich wußte mehr über ihn als sein eigener Sohn! Ich konnte diesem jungen Brauer in Denver berichten, daß sein Dad als Partner eines weiteren Viehdeltaschnapsilon-Bruders, John Locke, aus einem großen Schrank im ersten Stock des Verbindungshauses oben an der Treppe Süßigkeiten, Brause und Zigaretten verkaufte.

Sie nannten den Laden *Hickenlooper's Lockenbar*. Wir nannten ihn *Lockenlooper's Hickenbar* und *Barkenhicker's Loopenlock* und *Lockenbarker's Loopenhick* und so weiter.

Glückliche Tage! Wir dachten, wir würden ewig leben.

Altes Bier in neuen Flaschen. Alte Witze in neuen Leuten.

Ich erzählte dem jungen John Hickenlooper einen Witz, den mir sein Dad beigebracht hatte. Er ging so: Sein Dad sagte zu mir, egal, wo wir gerade waren: »Bist du vielleicht Mitglied im Schildkrötenklub?« Ich hatte keine andere Wahl, als aus vollem Halse zu brüllen: »WORAUF DU EINEN LASSEN KANNST!«

Dasselbe konnte ich seinem Dad antun. Bei einer besonders feierlichen und heiligen Gelegenheit, wie z. B. der Vereidigung neuer Verbindungsbrüder, konnte ich ihm zuflüstern: »Bist du vielleicht Mitglied im Schildkrötenklub?« Er hatte keine andere Wahl, als aus vollem Halse zu brüllen: »WORAUF DU EINEN LASSEN KANNST!«

45

Noch ein alter Witz: »Hallo, ich heiße Spalding. Sie haben bestimmt schon mal mit meinen Bällen gespielt.« Der Witz funktioniert nicht mehr[*], weil Spalding schon lange nicht mehr der große Hersteller von Sportartikeln ist, so, wie Lieber Gold Medal Beer schon lange keine beliebte Freizeitdroge im Mittleren Westen mehr ist, und genau so, wie die Vonnegut Hardware Company schon lange keine haltbaren und eminent praktischen Erzeugnisse mehr herstellt und in dieser Gegend vertreibt.

Die Eisenwarenfirma wurde ratzfatz durch lebhaftere Konkurrenten in die Pleite getrieben. Die Indianapolis Brewery wurde kraft Artikel XVIII der Verfassung der Vereinigten Staaten geschlossen, welcher 1919 erklärte, Herstellung, Verkauf oder Transport berauschender Getränke seien gegen das Gesetz.

Der indianapolitanische Humorist Kin Hubbard sagte über die Prohibition, sie sei »besser als gar nichts zu saufen«. Berauschende Getränke wurden erst 1933 wieder rechtmäßig. Inzwischen gehörte dem Schnapsschmuggler Al Capone Chicago, und Joseph P. Kennedy, Vater eines zukünftigen ermordeten Präsidenten, war Multimillionär.

Beim Tagesanbruch, welcher auf die Eröffnung von Joe Petro IIIs und meiner Ausstellung in Denver folgte, erwachte ich allein in einem Zimmer im ältesten Hotel am Platze, im Oxford, und es war Sonntag. Ich wußte, wo ich war und wie ich dorthin gekommen war. Ich hatte mich nicht etwa am Vorabend mit Großvaters Bier dumm und krumm gesoffen.

Ich zog mich an und ging vor die Tür. Noch war niemand Sichtbares aufgestanden. Es waren keine Fahrzeuge unter-

---

[*] ...und schon gar nicht auf deutsch. (Anm. d. Übers.)

wegs. Wenn in diesem Moment der freie Wille beschlossen hätte, wieder voll reinzuhauen, und ich das Gleichgewicht verloren hätte und hingefallen wäre, hätte mich niemand überfahren.

Das Beste, was man sein kann, wenn der freie Wille voll reinhaut, ist wahrscheinlich ein Mbuti, ein Pygmäe im Regenwald von Zaire, Afrika.

Zweihundert Meter von meinem Hotel entfernt war die leere Hülse dessen, was einst das wild pochende Herz der City gewesen war, ihre schwellenden Herzkammern und -vorhöfe. Ich meine den Bahnhof. Er wurde 1880 fertiggestellt. Heute halten hier nur noch zwei Züge pro Tag.

Ich selbst war antik genug, um das Zischen und Donnerrollen der Dampflokomotiven als sagenhafte Musik in Erinnerung zu haben, und ihre klagenden Pfiffe und das metronomische Klicken der Räder auf einer Weiche und das scheinbare An- und Abschwellen – dem Doppler-Effekt gedankt – der Tonhöhe ihrer Warnglocken an unbeschrankten Bahnübergängen.

Auch die Geschichte der Arbeiterbewegung hatte ich in Erinnerung, denn die ersten wirksamen Streiks der amerikanischen Arbeiterschaft für bessere Bezahlung und mehr Respekt und mehr Sicherheit am Arbeitsplatz waren gegen die Einsenbahngesellschaften ausgerufen worden. Und dann gegen die Besitzer von Kohlengruben und Stahlwerken und Textilfabriken und immer so weiter. Viel Blut wurde in diesen Kämpfen vergossen, welche sich vielen amerikanischen Schriftstellern meiner Generation als Schlachten darstellten, in denen zu kämpfen genausoviel wert war wie in jeder Schlacht gegen einen Feind von außen.

Der Optimismus, der einen so großen Teil unseres Schreibens beeinflußte, gründete sich auf unseren Glauben, daß, nach der Magna Charta und dann nach der Unabhängigkeitserklärung und dann nach den Zusatzklauseln 1 bis 10 zu den Grundrechten und dann nach Artikel XIX der Verfassung, welcher Frauen 1920 das Wahlrecht verschaffte, auch irgendein Plan für ökonomische Gerechtigkeit erdacht werden könnte. Das war der logische nächste Schritt.

Und selbst noch im Jahre 1996 schlage ich in meinen Reden die folgenden Zusatzartikel zur Verfassung vor:

Artikel XXVIII: Jedes Neugeborene soll aufrichtig willkommen geheißen und umsorgt werden, und zwar bis zur Reife.

Artikel XXIX: Jede/r Erwachsene soll, falls er/sie's braucht, eine sinnvolle Arbeit bekommen, zu einem Lohn, von dem er/sie leben kann.

Was wir statt dessen geschaffen haben, als Kunden und Angestellte und Investoren, sind Berge von Papiervermögen, so enorm, daß eine Handvoll Menschen, die über sie gebieten, sich davon Millionen und Milliarden nehmen können, ohne jemandem zu schaden. Offenbar.

Viele Angehörige meiner Generation sind enttäuscht.

46

Ist das zu glauben? Kilgore Trout, der, bevor er nach Xanadu kam, nie auch nur ein Theaterstück gesehen hatte, schrieb, nachdem er aus unserem Krieg, welches der Zweite Weltkrieg war, nach Hause gekommen war, nicht nur ein Stück, er meldete es sogar zum *Copyright* an! Ich habe es gerade in den Gedächtnisbanken der Kongreßbibliothek aufgestöbert, und betitelt ist es *Das runzlige alte Familienfaktotum*.

Das ist wie ein Geburtstagsgeschenk von meinem Computer, hier, in der Sinclair-Lewis-Suite in Xanadu. Mann! Gestern war der 11. November 2010. Ich bin gerade achtundachtzig geworden – oder achtundneunzig, wenn Sie den zweiten Durchgang mitzählen wollen. Meine Frau, Monica Pepper Vonnegut, sagt, achtundachtzig ist eine kraftvolle Glückszahl und achtundneunzig ebenfalls. Sie hat es heftig mit der Zahlenmystik.

Meine geliebte Tochter Lily wird am 15. Dezember achtundzwanzig! Wer hätte je gedacht, daß ich diesen Tag erleben würde?

Im *Runzligen alten Familienfaktotum* geht es um eine Hochzeit. Die Braut heißt *Mirabile Dictu* und ist noch Jungfrau. Der Bräutigam heißt *Flagrante Delicto* und ist ein herzloser Schürzenjäger. *Sotto Voce*, ein Gast am Rande der Feier, sagt aus dem Mundwinkel heraus zu einem Typ, der neben ihm steht: »Ich geb mich mit so was gar nicht erst ab. Ich such mir einfach eine Frau, die mich haßt, und schenk ihr ein Haus.«

Und der andere Typ sagt, als der Bräutigam die Braut küßt: »Alle Frauen sind psychotisch. Alle Männer sind Trottel.«

Das titelgebende runzlige alte Familienfaktotum, welches sich hinter einer Topfpalme die wäßrigen Augen ausweint, heißt *Scrotum*.

Monica ist immer noch von dem Rätsel besessen, wer unter dem Rauchmelder in der Gemäldegalerie der Akademie Minuten vor dem Vollwiederreinhauen des freien Willens eine schwelende Zigarre hinterlassen haben mag. Das war vor mehr als neun Jahren! Was hat man gewonnen, wenn man weiß, wer es war? Das ist, wie wenn man weiß, was das weiße Zeug in Vogelscheiße ist.

Was Kilgore Trout mit der Zigarre tat, war, daß er sie in der Untertasse ausquetschte. Er quetschte und quetschte und quetschte sie, wie er Monica und mir gegenüber selbst zugab, so, als wäre sie nicht nur für das Gegelle des Rauchmelders verantwortlich, sondern auch noch für den ganzen Krach, der draußen war.

»Das Rad, das am lautesten quietscht, kriegt das Öl«, sagte er.

Das Absurde seines Tuns, sagte er, sei ihm erst dann klargeworden, als, da er gerade im Begriffe stand, ein Gemälde von der Wand abzuhängen, um mit einer Ecke des Bilderrahmens die Alarmglocke zu hauen, der Alarm plötzlich von allein verstummte.

Er hängte das Gemälde wieder auf und vergewisserte sich sogar, daß es gerade hing. »Das kam mir irgendwie wichtig vor, daß das Bild schön gerade hing«, sagte er, »und genau in der Mitte zwischen den beiden Bildern links und rechts daneben. Zumindest konnte ich diesen kleinen Teil des chaotischen Universums genauso machen, wie er sein sollte. Ich war dankbar für diese Gelegenheit.«

Er kehrte in die Eingangshalle zurück und erwartete, daß der bewaffnete Wachmann aus seiner Starre erwachte. Aber Dudley Prince war immer noch ein Standbild, immer noch davon überzeugt, daß er sich, sobald er einen Mucks machte, im Gefängnis wiederfände.

Trout trat ihm erneut gegenüber und sagte: »Aufwachen! Aufwachen! Sie haben Ihren freien Willen wieder, und es gibt viel zu tun!« Und so weiter.

Nichts.

Trout hatte eine Eingebung! Anstatt zu versuchen, das Konzept des freien Willens zu verkaufen, an das er selbst nicht glaubte, sagte er dies: »Sie waren sehr krank! Jetzt geht es Ihnen wieder gut. Sie waren sehr krank! Jetzt geht es Ihnen wieder gut.«

Dies Mantra funktionierte!

Trout wäre ein großartiger Werbemann gewesen. Von Jesus Christus ließ sich das auch sagen. Die Basis jeder großartigen Werbung ist ein *glaubwürdiges Versprechen*. Jesus versprach, daß es einem in einem Leben nach dem Tode bessergeht. Trout versprach dasselbe im Hier und Jetzt.

Dudley Prince' spirituelle Totenstarre begann zu tauen! Trout beschleunigte seine Genesung beträchtlich, indem er ihm sagte, er solle mit den Fingern schnipsen und mit den Füßen stampfen und die Zunge herausstrecken und mit dem Hintern wackeln und so weiter.

Trout, der nie auch nur das Äquivalent eines Schulabschlusses geschafft hatte, war nichtsdestotrotz ein Dr. Frankenstein des richtigen Lebens geworden!

47

Onkel Alex Vonnegut, der sagte, wir sollten immer ganz laut schreien, wenn wir mal glücklich seien, wurde von seiner Frau, Tante Raye, für einen Blödmann gehalten. Auf jeden Fall begann er sein Studium in Harvard wie ein Blödmann. Alex sollte in einem Aufsatz erklären, warum er den weiten Weg von Indianapolis gekommen sei, um in Harvard zu studieren. Wie er selbst vergnügt erzählt hat, schrieb er: »Weil mein großer Bruder am MIT studiert.«

Er hatte nie ein Kind und besaß nie eine Schußwaffe. Er besaß jedoch viele Bücher und kaufte ständig neue und gab mir die, die er besonders gut fand. Es war für ihn eine Tortur, dieses oder jenes Buch zu finden, damit er mir eine besonders magische Passage daraus vorlesen konnte. Und zwar deshalb: Seine Frau Tante Raye, von der es hieß, sie sei künstlerisch veranlagt, ordnete seine Bibliothek nach Größe und Farbe der Bände sowie auch gern in Treppenform.

So sagte er dann über eine Aufsatzsammlung von seinem Helden H. L. Mencken: »Sie war, glaube ich, grün und etwa *so* groß.«

Seine Schwester, meine Tante Irma, sagte mal zu mir, als ich schon erwachsen war: »*Alle* Vonnegut-Männer haben eine Todesangst vor Frauen.« Ihre beiden Brüder hatten auf jeden Fall einen Heidenschiß vor *ihr*.

Hören Sie zu: Das Harvard-Studium meines Onkels Alex war nicht die Trophäe eines Sieges, durch Darwinsches Mikromanagement über andere errungen, welches es heute ist. Sein Vater, der Architekt Bernard Vonnegut, schickte ihn dorthin, damit er *ein kultivierter Mensch* würde, und das wurde er auch, obschon ein sagenhafter Pantoffelheld und nichts als Lebensversicherungsvertreter.

Ich bin ihm ewig dankbar und indirekt auch dem, was Harvard einst war, und zwar für mein Geschick, in großartigen Büchern, teilweise sehr komischen Büchern, genug Grund dafür zu finden, daß ich mich geehrt fühle, am Leben zu sein, egal, was sonst noch so passieren mag.

Heute scheinen Bücher in der Form, die Onkel Alex und ich so liebten, als Kästen mit Scharnier und unabgeschlossen, vollgepackt mit Blättern voller Tintenkrakel, überflüssig zu werden. Meine Enkel lesen bereits die meisten Wörter, die sie lesen, von einem Bildschirm ab.
  Bitte, bitte, bitte, wartet einen Augenblick!
  Zur Zeit ihrer Erfindung waren Bücher Geräte, so kraß, so derb praktisch zur Lagerung oder Übermittlung von Sprache, wenngleich aus kaum modifizierten Substanzen hergestellt, wie man sie in Wald und Feld und Tierwelt vorfindet, wie die neuesten Wunder aus Silicon Valley. Doch durch Zufall, nicht durch kaltes Kalkül, beteiligen Bücher, wegen ihres Gewichts und ihrer Beschaffenheit und wegen des Widerstands, den sie der Handhabung entgegenzusetzen scheinen und der doch so leicht und süß zu brechen ist, unsere Hände und Augen, und dann Geist und Seele, an einem spirituellen Abenteuer, und wenn das meine Enkel nicht mehr mitbekämen, könnten sie mir ganz schön leid tun.

48

Ich finde es pikant, daß einer der größten Dichter und einer der größten Dramatiker dieses Jahrhunderts es beide abstritten, aus dem Mittleren Westen zu sein, insbesondere aus St. Louis, Missouri. Ich meine T. S. Eliot, der sich zum Schluß anhörte wie der Erzbischof von Canterbury, und Tennessee Williams, ein Produkt der Washington University in St. Louis und der University of Iowa, der sich zum Schluß anhörte wie Ashley Wilkes in *Vom Winde verweht*.

Stimmt zwar, Williams wurde in Mississippi geboren, zog aber nach St. Louis, als er sieben war. Und er selbst war es, der sich Tennessee nannte, als er siebenundzwanzig war. Bevor er sich das antat, hieß er Tom.

Cole Porter war aus Peru, Indiana, welches PIE-RUH ausgesprochen wird. »Night and Day«? »Begin the Beguine«? Gar nicht schlecht, gar nicht schlecht.

Kilgore Trout wurde in einem Krankenhaus in Bermuda geboren, nicht weit von da, wo sein Vater, Raymond, Material für eine Fortsetzung seiner Doktorarbeit über den letzten der Bermuda-Adler sammelte. Die letzte verbliebene Kolonie jener großen blauen Vögel, der größten aller Seeraubvögel, befand sich auf Dead Man's Rock, einem ansonsten unbewohnten Lavasockel im Zentrum des berüchtigten Bermuda-Dreiecks. Trout nämlich wurde während der Flitterwochen seiner Eltern auf Dead Man's Rock gezeugt und empfangen.

Besonders interessant an diesen Adlern war, daß die Weibchen, und, soviel man wußte, nicht irgendwas, was Menschen getan hatten, für den rapiden Schwund in der Population verantwortlich waren. In der Vergangenheit, und wahrscheinlich seit Tausenden von Jahren, hatten die Weibchen die Eier ausgebrütet und die Jungen großgezogen und ihnen schließlich das Fliegen beigebracht, indem sie sie vom Sockel schubsten.

Als jedoch der Doktorand Raymond Trout mit seiner Braut dorthin kam, stellte er fest, daß die Weibchen sich daran gewöhnt hatten, die Brutpflege dadurch abzukürzen, daß sie die Eier vom Sockel schubsten.

So wurde durch eine Laune der Vorsehung dank der Initiative der Bermuda-Adlerhennen, oder wie Sie das nennen wollen, Kilgore Trouts Vater zum Spezialisten für Evolutionsmechanismen, welche das Schicksal von Tiergattungen bestimmen, Mechanismen, die nichts mit dem Ockhamschen Lehrsatz von Darwins *Natürlicher Auslese* zu tun haben.

So mußte die Familie Trout, als der kleine Kilgore neun Jahre alt war, den Sommer 1926 wohl oder übel zeltend am Ufer von Lake Disappointment im Inland von Nova Scotia verbringen. Die Dalhousie-Spechte in dieser Gegend hatten das hirnrüttelnde Geschäft des Holzpickens aufgegeben und taten sich nun statt dessen an den überreich auf dem Rücken von Reh, Hirsch und Elch vorkommenden Gnitzen gütlich.

Die Dalhousies sind natürlich die am weitesten verbreiteten Spechte im östlichen Kanada, vorwiegend, und sie kommen von Neufundland bis Manitoba und von der Hudson Bay bis Detroit, Michigan, vor. Nur die Spechte um den Disappointment Lake herum jedoch, mit den übrigen in Gefieder und Schnabelgröße und Form und so weiter identisch, hatten damit aufgehört, sich Insekten auf die mühselige zu besorgen, indem sie sie eines nach dem anderen dem harten Holz entrangen.

1916 wurden sie zum erstenmal dabei beobachtet, wie sie Gnitzen in sich hineinschlangen, während auf der anderen Halbkugel der Erste Weltkrieg seinen Lauf nahm. Die Disappointment-Lake-Dalhousies waren weder vorher noch nachher regelmäßig beobachtet worden, weil die schwarzen Wolken gefräßiger Gnitzen, die oft, laut Trout, kleinen Wirbelstürmen glichen, das Habitat der abtrünnigen Dalhousie-Spechte für Menschen praktisch unbewohnbar machten.

So verbrachte die Familie Trout den Sommer dort oben bei Tag und Nacht wie die Imker gekleidet, mit Handschuhen, langärmeligem, an den Handgelenken zugebundenem Hemd und langer, an den Fußknöcheln zusammengebundener Hose und mit breitkrempigem Hut samt Gazeschleier, um Gesicht und Hals zu schützen, egal, wie höllisch heiß es war. Vater, Mutter und Sohn schleppten die Campingausrüstung und eine schwere Filmkamera mit Stativ zu ihrem sumpfigen Lagerplatz auf einem Travois hinter sich her, an welches sie sich angeschirrt hatten.

Dr. Trout erwartete nicht mehr zu filmen als gewöhnliche Dalhousies, von anderen Dalhousies nicht zu unterscheiden, außer daß sie auf den Rücken eines Hirschs oder Elchs einpickten, anstatt auf einen Baumstamm. Solche schlichten Bilder wären aufregend genug gewesen, hätten sie doch gezeigt, daß auch niedere Tiere sowohl zu kultureller als auch biologischer Evolution fähig waren. Man hätte von ihnen die Vermutung extrapolieren können, daß ein Vogel im Schwarm eine Art Albert Einstein war, sozusagen, welcher erst die Theorie aufgestellt und dann bewiesen hatte, daß Gnitzen genauso nahrhaft waren wie alles, was man aus einem Baumstamm buddeln konnte.

Welche Überraschung jedoch stand Dr. Trout bevor! Nicht nur, daß diese Vögel obszön fett und somit leichte Beute für Raubtiere waren. Sie explodierten außerdem auch noch! Sporen von einem Baumpilz, welcher nahe den Dalhousie-Nestern wuchs, fanden eine Gelegenheit, eine neue Krankheit im Darmtrakt der übergewichtigen Vögel zu werden, was auf bestimmte Chemikalien im Körper von Gnitzen zurückzuführen war.

Die neuen Lebensbedingungen, die der Pilz in den Vögeln vorfand, bewirkten das plötzliche Freiwerden so großer

Mengen Kohlendioxid, daß die Vögel platzten! Ein Dalhousie, vielleicht der letzte Veteran des Lake-Disappointment-Experiments, explodierte ein Jahr später in einem Park in Detroit, Michigan, und löste so den zweitschlimmsten Rassenkrawall in der Geschichte der Autostadt aus.

49

Einmal schrieb Trout eine Geschichte über einen anderen Rassenkrawall. Sie spielte auf einem Planeten, zweimal so groß wie die Erde, welcher Kotz umkreiste, einen Stern von der Größe 2b, vor zwei Milliarden Jahren.

Ich fragte meinen großen Bruder Bernie im Amerikanischen Naturhistorischen Museum in New York, und das war lange vor dem zweiten Durchlauf, ob er an Darwins Evolutionstheorie glaube. Er sagte ja, und ich fragte, wieso, und er sagte: »Weil in diesem Kaff sonst kein Spiel läuft.«

Bernies Erwiderung ist die Pointe eines anderen steinalten Witzes, wie »Klingeling, du Schweinehund!«. Also, da geht ein Typ Karten spielen, und ein Freund sagt ihm, die Karten seien gezinkt. Da sagt der Typ: »Ich weiß, aber sonst läuft in diesem Kaff kein Spiel.«

Ich bin zu faul, das genaue Zitat aufzustöbern, aber der britische Astronom Fred Hoyle sagte sinngemäß folgendes: An Darwins theoretische Evolutionsmechanismen zu glauben, sei, als glaubte man, ein Wirbelsturm könnte über einen Schrottplatz sausen und aus den Einzelteilen eine Boeing 747 bauen.

Egal, was mit dem Erschaffen beschäftigt ist, ich muß leider sagen, daß Giraffe und Rhinozeros lächerlich sind.

Und genauso lächerlich ist das menschliche Gehirn, jederzeit dazu in der Lage, mit den sensibleren Körperteilen, wie z. B. dem Dingdong, unter einer Decke steckend, das Leben zu hassen und gleichzeitig zu behaupten, es liebe es, und sich entsprechend zu verhalten: »Kann mich mal jemand erschießen, solang ich glücklich bin?«

Kilgore Trout, der Sohn des Ornithologen, schrieb in *Meine zehn Jahre auf Autopilot*: »Der *Fiduziar* ist ein mythischer Vogel. Er hat in der Natur nie existiert, könnte und wird nie existieren.«

Trout ist der einzige Mensch, der je gesagt hat, ein Fiduziar (oder Treuhänder) sei welche Art von Vogel auch immer. Das Substantiv (vom lateinischen *fiducia*, Vertrauen) identifiziert nämlich eine Sorte Homo sapiens, welcher den Besitz, und heutzutage besonders Papier- oder Computer-Repräsentationen von Wohlstand, welcher anderen Leuten gehört, einschließlich der Staatskasse ihrer Regierungen, erhalten und bewahren wird oder will.

Er oder sie oder es kann gar nicht existieren, und zwar wegen des Gehirns und des Dingdongs et cetera. So haben wir in diesem Sommer 1996, Wiederholung hin oder her, und wie immer Treuhänder ohne Treu und Glauben, Wächter von Kapital, die sich zu Multimillionären und Multimilliardären machen und gleichzeitig Allotria treiben mit Geld, welches besser für die Schaffung sinnvoller Jobs und für die Ausbildung von Leuten, die sie machen sollen, und zum Großziehen unserer Kinder und für den Ruhestand unserer Alten, beides in würdiger und sicherer Umgebung, ausgegeben würde.

Helfen wir doch in Gottes Namen mehr von unseren verängstigten Leuten auf dem Weg durch dieses was es auch ist.

Warum Geld hinter Problemen herschmeißen? Weil Geld dazu *da* ist. Sollte der Wohlstand der Nation umverteilt werden? Er wurde bereits umverteilt, und er wird weiter umverteilt, und er wird weiter umverteilt werden an ganz wenige Menschen und auf auffallend nutzlose Weise.

Lassen Sie mich festhalten, daß Kilgore Trout und ich nie ein Semikolon verwendet haben. Es tut nichts, es deutet nichts an. Es ist ein hermaphroditischer Transvestit.

Ja, und jeder Traum von besserer Versorgung und Fürsorge für unsere Menschen ist genauso ein hermaphroditischer Transvestit, wenn nicht irgendein Plan uns allen die Unterstützung und Gemeinschaft von Großfamilien sichert, innerhalb deren das Miteinanderteilen und das Miteinanderfühlen plausibler sind als in einer enormen Nation und in denen ein *Fiduziar* dann doch nicht so mythisch ist wie der *Vogel Roch* und der *Phönix*.

50

Ich bin so alt, daß ich noch weiß, wie das Wort *fuck* allgemein für so verhext gehalten wurde, daß es kein respektabler Verlag drucken wollte. Noch ein alter Witz: »Sag doch nicht ›fuck‹, wenn das Beh-Ah-Beh-Üpsilon es hören kann.«

Ein Wort, angeblich ebenso vergiftet, das aber in gepflegter Gesellschaft durchaus ausgesprochen werden durfte, vorausgesetzt, man legte ordentlich Angst und Abscheu in die Stimme, war das Wort *Communism*, welches eine Tätigkeit umschrieb, die in vielen primitiven Gesellschaften genauso verbreitet war und genauso unschuldig praktiziert wurde wie das Ficken.

Deshalb war es ein besonders eleganter Kommentar zum Patriotismus und zur Schere im Kopf während des absichtlich wahnsinnigen Vietnamkrieges, als der Satiriker Paul Krassner blauweißrote Auto-Aufkleber mit der Aufschrift FUCK COMMUNISM! druckte.

Mein Roman *Schlachthof 5* wurde damals angegriffen, weil er das Wort *motherfucker* enthielt. In einer frühen Episode schießt jemand auf vier amerikanische Soldaten, die hinter den deutschen Linien in der Falle sitzen. Ein Amerikaner knurrt einen anderen, der, wie ich schrieb, noch nie jemanden gefickt hat, an: »Kopf runter, du dämlicher *motherfucker*.«

Seitdem diese Worte publiziert wurden, müssen Mütter von Söhnen während der Hausarbeit Keuschheitsgürtel tragen.

Ich verstehe natürlich, daß der weitverbreitete Abscheu, der immer noch, und vielleicht für immer, durch das Wort *Kommunismus* hervorgerufen wird, eine gesunde Reaktion auf die Grausamkeiten und Dummheiten der Diktatoren der UdSSR ist, welche sich, aber presto, *Kommunisten* nannten, genau wie Hitler sich, aber presto, einen *Christen* nannte.

Kindern der Weltwirtschaftskrise jedoch kommt es immer noch vor wie eine milde Schande, wegen der Verbrechen von Tyrannen ein Wort aus dem gepflegten Denken zu verbannen, welches für uns zunächst nicht mehr beschrieb als eine möglicherweise vernünftige Alternative zum Wall-Street-Gezocke.

Ja, und das Wort *sozialistisch* war das zweite S in *UdSSR*, also lebe wohl, *Sozialismus*, schleich dich zusammen mit dem *Kommunismus*, lebe wohl, du Seele von Eugene Debs aus Terre Haute, Indiana, wo der Mond so gleißend auf den Wabash scheint, und von den Feldern atmet frischgemähtes Heu.
»Solang eine Seele im Gefängnis ist, bin ich nicht frei.«

Die Wirtschaftskrise war eine Zeit, in der alle möglichen Alternativen zum Wall-Street-Gezocke diskutiert wurden, welches plötzlich so viele Firmen in die Pleite trieb, einschließlich Banken. Durch das Gezocke wußten Millionen und Abermillionen von Amerikanern nicht mehr, wie sie Essen und Obdach und Kleidung bezahlen sollten.
Na und?
Das ist fast ein Jahrhundert her, wenn Sie die Wiederholung mitzählen wollen. Können Sie alles vergessen! Praktisch jeder, der damals am Leben war, ist jetzt so tot wie eine Makrele. Frohen Sozialismus noch im Leben nach dem Tode!
Was jetzt wichtig ist, ist, daß am 13. Februar 2001 nachmittags Kilgore Trout Dudley Prince aus seiner Post-Zeitbeben-Apathie riß. Trout beschwor ihn zu sprechen, irgendwas zu sagen, egal, wie unsinnig. Trout schlug vor, er solle den morgendlichen Fahneneid der Schulkinder aufsagen, oder was auch immer, um sich selbst damit zu beweisen, daß er wieder Herr seines eigenen Geschicks war.

Prince sprach, benommen zunächst. Er leistete keinen Fahneneid, sondern er deutete an, er versuche, alles zu verstehen, was Trout ihm bisher gesagt habe. Er sagte: »Sie haben gesagt, ich *hätte* was.«

»Sie waren krank, aber jetzt geht es Ihnen wieder gut, und es gibt viel zu tun«, sagte Trout.

»Weiter vorher«, sagte Prince. »Sie haben gesagt, ich *hätte* was.«

»Vergessen Sie's«, sagte Trout. »Ich war aufgeregt. Sinnloses Gefasel.«

»Ich will trotzdem wissen, was Sie gesagt haben, was ich *hätte*«, sagte Prince.

»Ich habe gesagt, Sie hätten den freien Willen«, sagte Trout.

»Den freien Willen, freien Willen, freien Willen«, echote Prince in trocknem Staunen. »Ich hab mich immer gefragt, was es war, was ich *hätte*. Jetzt hab' ich einen *Namen* dafür.«

»Vergessen Sie doch bitte, was ich gesagt habe«, sagte Trout. »Es geht um Menschenleben!«

»Wissen Sie, was man mit dem freien Willen machen kann?« sagte Prince.

»Nein«, sagte Trout.

»Man kann ihn sich in den Arsch stecken«, sagte Prince.

51

Wenn ich Trout dort in der Eingangshalle der Amerikanischen Akademie der Künste, wie er Dudley Prince aus der PZA erweckt, mit Dr. Frankenstein vergleiche, spiele ich natürlich auf den Antihelden des Romans *Frankenstein oder: Der moderne Prometheus* von Mary Wollstonecraft Shelley an, der zweiten Frau des englischen Dichters Percy Bysshe Shelley. In diesem Buch setzt der Wissenschaftler Frankenstein einen ganzen Schwung Körperteile von verschiedenen Leichen zu einer Menschengestalt zusammen.

Frankenstein setzt sie unter Strom und macht sie munter. Die Resultate im Buch sind das genaue Gegenteil von dem, was in echten amerikanischen Vollzugsanstalten mit echten elektrischen Stühlen erreicht wird. Die meisten Menschen glauben, Frankenstein ist das Ungeheuer. Ist er nicht. Frankenstein ist der Wissenschaftler.

In der griechischen Mythologie macht Prometheus die ersten Menschen aus Lehm. Er stiehlt Feuer vom Himmel und schenkt es ihnen, damit sie es warm haben und kochen können und nicht, sollte man hoffen, damit wir all die kleinen gelben Schweinehunde in Hiroshima und Nagasaki, was beides in Japan ist, einäschern können.

Im zweiten Kapitel dieses meines wunderbaren Buches erwähne ich ein Treffen in der University of Chicago anläßlich des fünfzigsten Jahrestages des Abwurfs der Atombombe auf Hiroshima. Damals sagte ich, ich müsse die Meinung meines Freundes William Styron respektieren, daß die Hiroshima-Bombe ihm das Leben gerettet hat. Styron war zu der Zeit bei den United States Marines gewesen und trainierte für die Invasion des japanischen Inselreichs, als die Bombe abgeworfen wurde.

Ich mußte jedoch hinzufügen, daß ich ein einziges kleines Wort kannte, welches bewies, daß unsere demokratische Regierung dazu fähig war, obszöne, freudig rasende und rassistische, rabaukige Morde an unbewaffneten Männern, Frauen und Kindern zu begehen, Morde, bar jeder militärischen Vernunft. Ich sagte das Wort. Es war ein ausländisches Wort. Es war das Wort *Nagasaki*.

Egal! Auch das ist lange, lange her, sogar noch zehn Jahre länger, wenn Sie die Wiederholung mitzählen wollen. Was ich im Augenblick eines Aufschreis wert erachte, ist, Jahre nachdem die Wiedererlangung des freien Willens den Reiz der Neuheit verloren hat, die immer noch andauernde Anwendbarkeit dessen auf alle Wechselfälle des menschlichen Lebens, was Dudley Prince unter Strom gesetzt und ins Leben zurückgebracht hat und was inzwischen als Kilgores Credo bekannt ist: »Sie waren krank, aber jetzt geht es Ihnen wieder gut, und es gibt viel zu tun.«

Im ganzen Land sagen Lehrer, höre ich, den Schüler Kilgores Credo auf, nachdem die Kinder zu Beginn jedes Schultags den Fahneneid und das Vaterunser aufgesagt haben. Die Lehrer sagen, es scheine zu helfen.

Ein Freund erzählte mir, er sei bei einer Hochzeit gewesen und der Geistliche habe auf dem Höhepunkt der Zeremonie gesagt: »Ihr wart krank, aber jetzt geht es euch wieder gut, und es gibt viel zu tun. Hiermit erkläre ich euch zu Mann und Frau.«

Eine Bekannte, Biochemikerin für einen Katzenfutterhersteller, sagte, sie sei in einem Hotel in Toronto, Kanada, abgestiegen und habe an der Rezeption Bescheid gesagt, daß sie am nächsten Morgen geweckt werden wolle. Am nächsten Morgen klingelte das Telefon, und die Dame vom Empfang sagte: »Sie waren krank, aber jetzt geht es Ihnen wieder gut, und es gibt viel zu tun. Es ist sieben Uhr, und die Außentemperatur beträgt zweiunddreißig Grad Fahrenheit oder null Grad Celsius.«

Am Nachmittag des 13. Februar 2001 und dann noch etwa zwei Wochen lang rettete Kilgores Credo auf Erden so viele Menschenleben, wie Einsteins *E gleich mc Quadrat* zwei Generationen zuvor vernichtet hatte.

Trout befahl Dudley Prince, er solle die Zauberworte den beiden anderen bewaffneten Wachmännern der Tagschicht in der Akademie weitersagen. Diese gingen ins frühere Museum des Indianers und sagten sie den dortigen katatonischen Pennern. Im Gegenzug wurde ein guter Teil der erweckten heiligen Rinderherde, vielleicht ein Drittel, zu Anti-PZA-Missionaren. Mit nichts als Kilgores Credo bewaffnet, schwärmten diese zerlumpten Veteranen der arbeitsmarkt-technischen Unvermittelbarkeit in der Nachbarschaft aus, um weitere lebende Standbilder zu einem Leben in Nützlichkeit zu bekehren, dazu, den Verletzten zu helfen oder sie zumindest irgendwo verdammt noch mal reinzuzerren, damit sie nicht erfroren.

»Gott steckt im Detail«, teilt uns Anonymus in der sechzehnten Auflage von *Bartlett's Familiar Quotations* mit. Das scheinbar pupsige Detail, was aus der gepanzerten Limousine wurde, welche Zoltan Pepper vor der Akademie ablieferte, wo er, als er klingelte, vom Löschzug umgemangelt werden sollte, ist so ein einschlägiger Fall. Der Fahrer der Limousine, Jerry Rivers, hatte sie fünfzig Meter nach Westen gefahren, Richtung Hudson, nachdem er seinen gelähmten Fahrgast samt Rollstuhl auf dem Bürgersteig abgestellt hatte.

Das war immer noch Teil der Wiederholung. Aber Wiederholung hin oder her, Jerry durfte nicht vor der Akademie parken, damit die Luxuslimousine nicht den Verdacht erregte, bei der Akademie handle es sich womöglich gar nicht um ein unbewohntes Gebäude. Wenn das nicht Usus gewesen wäre, hätte die Limousine den Aufprall der Feuerwehr absorbiert und möglicher-, wenn auch nicht notwendigerweise Zoltan Pepper das Leben gerettet, als er die Türklingel betätigte.

Aber um welchen Preis? Der Eingang zur Akademie wäre nicht durchlässig geworden, wodurch Kilgore Trout Zutritt zu Dudley Prince und den anderen bewaffneten Wachmännern erlangte. Trout hätte keine überzählige Sicherheitsdienstuniform anziehen können, die er dort drin fand und die ihm das Aussehen einer Respektsperson verlieh. Er hätte sich nicht mit der akademie-eigenen Panzerfaust bewaffnen können, die er benutzte, um die plärrenden Alarmanlagen eingeklemmter, aber unbemannter geparkter Fahrzeuge auszuschalten.

52

Die Amerikanische Akademie der Künste besaß eine Panzerfaust, weil die Warlords, welche die Columbia University kleingemacht hatten, ihre Attacke mit einem Panzer als Angriffsspitze vorgetragen hatten, welcher von der Rainbow Division der Nationalgarde gestohlen war. Sie waren sogar unverfroren genug, das Sternenbanner zu hissen.

Es ist denkbar, daß die Warlords, mit denen sich niemand anlegt, sowenig, wie man sich mit den zehn größten Firmen anlegt, sich für so amerikanisch halten wie jeder andere auch. »Amerika«, schrieb Kilgore Trout in *M10JaAp*, »ist das Zusammenspiel von dreihundert Millionen Rube-Goldberg-Apparaten, die alle erst gestern erfunden wurden.

Da braucht man eine Großfamilie«, fügte er hinzu, obwohl er selbst zwischen seiner Entlassung aus der Army am 11. September 1945 und dem 1. März 2001, dem Tag, als er und Monica Pepper und Dudley Prince und Jerry Rivers per gepanzerte Limousine, einen überladenen, schlingernden Anhänger im Schlepp, Xanadu erreichten, ohne eine hatte auskommen müssen.

Rube Goldberg war während des abschließenden Jahrhunderts des vorangegangenen christlichen Jahrtausends ein Zeitungs-Cartoonist. Er zeichnete absurd komplizierte und unverläßliche Maschinen, bei denen Tretmühlen und Falltüren und Klingeln und Pfeifen zum Einsatz kamen, und Haustiere in schwerem Geschirr und Schweißbrenner und Briefträger und Glühbirnen und Feuerwerkskörper und Spiegel und Radios und Trichtergrammophone und Schreckschußpistolen und so weiter, um irgendeine einfache Aufgabe zu erfüllen, wie z. B. eine Jalousie herunterzuziehen.

Ja, und Trout ritt auf dem menschlichen Bedürfnis nach Großfamilien herum, genau wie ich noch eben jetzt, denn es ist so offensichtlich, daß wir, weil wir Menschen sind, sie so nötig haben wie Proteine und Kohlehydrate und Fette und Vitamine und die wesentlichen Mineralien.

Ich habe gerade von einem Vater im Teenageralter gelesen, der sein Baby totschüttelte, weil es seinen Schließmuskel noch nicht unter Kontrolle hatte und ununterbrochen weinte. In einer Großfamilie wären noch andere Leute dagewesen, die das Baby gerettet und getröstet hätten und den Vater auch.

Wäre der Vater in einer Großfamilie aufgewachsen, wäre er nicht so ein gräßlicher Vater geworden, oder vielleicht erst mal noch gar kein Vater, weil er noch zu jung war, um ein guter Vater zu sein, oder weil er zu verrückt war, um überhaupt *je* ein guter Vater zu sein.

1970 war ich in Süd-Nigeria, als der Biafra-Krieg gerade zu Ende ging, auf biafranischer Seite, der Verliererseite, die vorwiegend aus Ibos bestand, lange vor dem zweiten Durchlauf. Ich lernte den Ibo-Vater eines neugeborenen Babys kennen. Er hatte vierhundert Verwandte! Selbst im Krieg, mit der Niederlage vor Augen, bereiteten er und seine Frau sich auf eine Reise vor, um das Baby all seinen Verwandten vorzustellen.

Wenn die biafranische Armee Ersatz für gefallene Soldaten brauchte, traten die Ibo-Großfamilien zusammen, um zu entscheiden, wer in den Krieg mußte. Im Frieden trafen sich die Familien, um zu beschließen, wer studieren durfte, oft am Cal Tech oder in Oxford oder in Harvard, weit weg. Und dann legte eine ganze Familie zusammen, um für Reise und Unterricht und eine Kleidung zu zahlen, wie sie dort, wo das Kind hin sollte, den herrschenden Temperaturen und Sitten angemessen war.

Ich habe dort den Ibo-Autor Chinua Achebe kennengelernt. Inzwischen lehrt und schreibt er hier am Bard College in

Annandale-on-Hudson, New York 12504. Ich fragte ihn, wie es den Ibos jetzt so gehe, jetzt, da eine raffgierige Junta das Land regiert, die ihre Kritiker regelmäßig hängt, weil sie viel zuviel freien Willen haben.

Chinua sagte, die Ibos spielten keinerlei Rolle in der Regierung, wollten das aber auch gar nicht. Er sagte, Ibos überlebten mit bescheidenen Geschäften, von denen nicht zu erwarten sei, daß sie sie mit der Regierung oder deren Freunden, wozu die Repräsentanten der Firma Shell gehörten, in Konflikt brächten.

Sie müssen oft zusammengetreten sein, um Ethik und Überlebensstrategien zu debattieren.

Und nach wie vor schicken sie ihre schlausten Kinder weit weg auf die besten Universitäten.

Wenn ich die Familie und die Familienwerte hochleben lasse, dann meine ich damit nicht einen Mann und eine Frau und deren Kinder, neu in der Stadt, zu Tode verängstigt, ohne Anhaltspunkt, ob sie nun, von wirtschaftlichem und technologischem und ökologischem und politischem Chaos umgeben, zuerst scheißen gehen oder gleich blind werden sollen. Ich spreche von dem, was so viele Amerikaner so verzweifelt brauchen: was ich vor dem Zweiten Weltkrieg in Indianapolis hatte und was die Figuren in Thornton Wilders *Unsere kleine Stadt* hatten und was die Ibos haben.

In Kapitel 45 habe ich zwei Zusatzartikel zur Verfassung beantragt. Hier sind zwei weitere, wenig genug vom Leben verlangt, sollte man meinen, so wenig wie die Menschenrechtsdeklaration:

Artikel XXX: Jeder Mensch soll, sobald er das gesetzlich festgelegte Alter der Pubertät erreicht hat, im Rahmen eines feierlichen öffentlichen Rituals zum oder zur Erwachsenen erklärt werden. Bei dieser Feier muß er oder sie sich freudig zu den neuen Verpflichtungen in der Gemeinschaft und den damit einhergehenden Würden bekennen.

Artikel XXXI: Es wird jede Anstrengung unternommen, damit jeder Mensch das Gefühl hat, schmerzlich vermißt zu werden, wenn er oder sie mal nicht mehr unter uns weilt. Solche wesentlichen Elemente für eine ideale Seelendiät können überzeugend natürlich nur von Großfamilien beigesteuert werden.

53

Das Monster in *Frankenstein oder: Der moderne Prometheus* wird zum Bösewicht, weil es das so erniedrigend findet, wenn man am Leben und trotzdem so häßlich ist, so *unbeliebt*. Es bringt Frankenstein um, welcher, um es noch einmal zu sagen, der Wissenschaftler ist und nicht das Monster. Und ich will eilig hinzufügen, daß mein großer Bruder Bernie nie ein Naturwissenschaftler im Stile von Frankenstein war, nie an absichtlich zerstörerischen Gerätschaften gearbeitet hat oder arbeiten würde. Er war auch nie eine Pandora und hat keine neuen Gifte oder neuen Krankheiten oder sonstwas auf die Menschheit losgelassen.

Laut der griechischen Mythologie war Pandora die erste Frau. Sie war von den Göttern erschaffen worden, die böse auf Prometheus waren, weil er einen Mann aus Lehm gemacht und ihnen dann das Feuer gestohlen hatte. Daß sie eine Frau machten, war ihre *Rache*. Sie gaben Pandora eine Büchse. Prometheus flehte sie an, sie nicht zu öffnen. Sie öffnete sie. Jedes Übel, dessen Erbe das sterbliche menschliche Fleisch ist, kam heraus.

Als letztes kam die *Hoffnung* aus der Büchse. Sie flog davon.

Ich habe mir diese deprimierende Geschichte nicht ausgedacht. Kilgore Trout auch nicht. Das waren die alten Griechen.

Ich will jedoch auf dies hinaus: Frankensteins Monster war unglücklich und zerstörerisch, wohingegen die Menschen, die Trout in der Nachbarschaft der Akademie mit Energie versorgte, obwohl die meisten keinen Schönheitswettbewerb gewonnen hätten, im großen und ganzen von guter Laune und Gemeinschaftssinn geprägt waren.

Ich muß sagen, *die meisten* hätten keinen Schönheitswettbewerb gewonnen. Mindestens eine auffallend schöne Frau war nämlich doch dabei. Sie gehörte zum Büropersonal der Akademie. Sie hieß Clara Zine. Monica Pepper ist davon überzeugt, daß es Clara Zine war, die die Zigarre geraucht hat, welche den Rauchmelder in der Gemäldegalerie auslöste. Von Monica zur Rede gestellt, schwor Clara Zine, sie habe noch nie im Leben eine Zigarre geraucht, sie hasse Zigarren, und dann verschwand sie.

Ich habe keine Ahnung, was aus ihr geworden ist.

Clara Zine und Monica Pepper pflegten die Verwundeten im früheren Museum des Indianers, welches von Trout in ein Lazarett umgewandelt worden war, als Monica sie wegen der Zigarre befragte, woraufhin Clara stocksauer die Biege machte.

Trout, welcher das trug, was inzwischen zu *seiner* Panzerfaust geworden war, hatte gemeinsam mit Dudley Prince und den beiden anderen bewaffneten Wachmännern alle Penner, die noch in dem Obdachlosenheim waren, hinausgeworfen. Das hatten sie getan, um die Feldbetten für Menschen mit gebrochenen Gliedmaßen oder Schädeln oder sonstwas frei zu machen, Menschen, die ein warmes Plätzchen zum Hinlegen noch heftiger brauchten und verdienten als die Penner.

Es war eine selektive Requirierungsmaßnahme, wie sie Trout von den Schlachtfeldern des Zweiten Weltkriegs kannte. »Ich bedaure nur, daß ich lediglich ein einziges Leben für mein Vaterland zu verlieren habe«, sagte der amerikanische Patriot Nathan Hale. »Scheiß-Penner!« sagte der amerikanische Patriot Kilgore Trout.

Es war jedoch Jerry Rivers, Chauffeur der Pepperschen Langlimousine, der sein Traumschiff um Autowracks und deren Opfer steuerte, oft auch über den Bürgersteig, um die Studios des Columbia Broadcasting System unten in der West 52nd Street zu erreichen. Rivers erweckte das dortige

Personal mit einem herzhaften: »Sie waren krank, aber jetzt sind Sie wieder gesund, und es gibt viel zu tun.« Und dann brachte er sie dazu, ebendiese Botschaft in Rundfunk und Fernsehen landesweit, von Küste zu Küste, zu senden.

Um sie jedoch dazu zu bewegen, mußte er sie anlügen. Er sagte, sie alle erholten sich gerade von einem Nervengasangriff, dessen Urheber unbekannte Personen seien. Deshalb lautete diese erste Version von Kilgores Kredo, welche Millionen in den USA und dann Milliarden in der ganzen Welt erreichte, so: »Hören Sie nun eine Durchsage, exklusiv bei CBS! Unbekannte Personen haben einen Nervengasangriff durchgeführt. Sie waren krank, aber jetzt sind Sie wieder gesund, und es gibt viel zu tun. Sorgen Sie dafür, daß alle Kinder und älteren Mitbürger die Sicherheit der eigenen vier Wände aufsuchen.«

54

Gewiß! Fehler wurden gemacht! Aber daß Trout mit seiner Panzerfaust die Autoalarmanlagen zum Verstummen brachte, war kein Fehler. Wäre ein Handbuch darüber zu schreiben, wie man sich verhält, wenn ein weiteres Zeitbeben kommt, und dann eine Wiederholung, und dann haut der freie Wille wieder voll rein, müßte drinstehen, daß jeder Stadtteil seine eigenen Panzerfäuste haben sollte und daß verantwortungsbewußte Erwachsene wissen sollten, wo sie sind.

Fehler? In dem Handbuch sollte betont werden, daß Fahrzeuge als solche *nicht* für den Schaden, den sie verursachen, *haftbar zu machen sind*, seien sie nun bemannt oder nicht. Automobile zu bestrafen, als wären sie rebellische Sklaven, die eine Tracht Prügel brauchen, ist Zeitverschwendung! Pkws und Lkws und Busse, die noch fahrbereit sind, zu Sündenböcken zu machen, nur weil sie *Automobile* sind, beraubt darüber hinaus Rettungskräfte und Flüchtlinge ihrer Transportmöglichkeit.

Wie Trout in *M1oJaAp* rät: »Dem parkenden Dodge Intrepid eines Fremden die Fresse zu polieren, mag flüchtige Erleichterung von Streß-Symptomen bringen. Unterm Strich jedoch macht dies das Leben seines Halters noch mehr zu einer Schatztruhe voller Scheiße, als es das ohnehin schon war. Was du nicht willst, daß man dir tu, das füg auch keinem Auto zu.

Es ist schierer Aberglaube, daß ein Kraftfahrzeug, dessen Zündung ausgeschaltet ist, ohne die Hilfe eines Menschen losfahren kann«, fährt er fort. »Wenn Sie, nachdem der freie Wille wieder voll reingehauen hat, die Zündschlüssel aus den Zündschlössern führerloser Fahrzeuge, deren Motoren nicht laufen, reißen *müssen*, dann werfen Sie sie bitte, bitte, bitte in einen *Briefkasten* und nicht in einen Gully oder auf ein müllübersätes unbebautes Grundstück.«

Der größte Fehler, den Trout beging, war wahrscheinlich, daß er die Amerikanische Akademie der Künste zum Leichenschauhaus umwidmete. Stählerne Eingangstür und Türrahmen waren notdürftig wieder dort angebracht, wo sie hingehörten, um die Wärme im Haus zu halten. Es wäre viel sinnvoller gewesen, die Leichen draußen auszulegen, wo die Temperatur deutlich unter dem Gefrierpunkt lag.

Und von Trout konnte man nicht erwarten, daß er sich dort ganz-ganz-weit-oben-und-dann-noch-ein-ziemliches-Stück in der West 155th Street darum kümmerte, aber irgendein erwecktes Mitglied der Bundesflugaufsicht hätte sich denken können, daß, nachdem die Zusammenstöße am Boden abgenommen hatten, immer noch Maschinen auf Autopilot in der Luft waren. Ihren Crews und Passagieren, immer noch vor lauter unbehandelter PZA ziemlich gaga, war es *so* was von wurscht, was passierte, wenn der Treibstoff zur Neige ging.

In zehn Minuten oder vielleicht in einer Stunde oder vielleicht in drei Stunden würde es für ihr Flugzeug, ihr Luftvehikel, welches so viel schwerer war als Luft, heißen: *Zur Kasse bitte* und *Bitte recht freundlich*, und zwar für alle Mann an Bord.

Für die Mbuti, die Regenwaldpygmäen in Zaire, Afrika, war aller Wahrscheinlichkeit nach der 13. Februar 2001 ein Tag, weder erstaunlicher noch weniger erstaunlich als jeder andere Tag, falls nicht, nach Ende des zweiten Durchlaufs, auf einem von ihnen zufällig ein streunendes Flugzeug landete.

Die schlimmsten aller Luftfahrzeuge sind natürlich, sobald der freie Wille wieder voll reinhaut, die Helikopter oder *choppers*, Schraubvögel, wie sie zuerst das Genie Leonardo da Vinci (1452-1519) ersann. *Choppers* können nicht schweben. *Choppers* wollen gar nicht erst fliegen.

Sicherer als in einem fliegenden Helikopter sitzt man in einer Achterbahn oder in einem Riesenrad.

Ja, und als in New York City das Kriegsrecht verhängt wurde, wurde das frühere Museum des Indianers in eine Kaserne umgewandelt, und Kilgore Trout ging seiner Panzerfaust verlustig, und das Hauptquartier der Akademie wurde als Offiziersmesse requiriert, und er und Monica Pepper und Dudley Prince und Jerry Rivers brachen mit der Limousine nach Xanadu auf.

Trout, der Ex-Landstreicher, hatte teure Kleidung, einschließlich Schuhe und Socken und Unterwäsche und Manschettenknöpfe und zusammenpassende Louis-Vuitton-Gepäckstücke, was alles vorher Zoltan Pepper gehört hatte. Alle waren sich einig, daß es Monicas Mann im Tode viel besser ging als vorher. Worauf hätte er sich freuen können?

Als Trout auf halber Höhe der 155th Street Zoltans platt- und langgefahrenen Rollstuhl fand, lehnte er ihn gegen einen Baum und sagte, er sei moderne Kunst. Die beiden Räder waren gegeneinandergequetscht worden, so daß sie aussahen wie eins. Trout sagte, es sei eine 1,80 Meter lange Gottesanbeterin (Aluminium und Leder) beim Versuch, auf einem Einrad zu fahren.

Er nannte sie *Der Geist des einundzwanzigsten Jahrhunderts*.

55

Vor Jahren lernte ich den Autor Dick Francis beim Kentucky Derby kennen. Ich wußte, daß er Champion-Jockey im Hindernisrennen gewesen war. Ich sagte, so groß hätte ich ihn mir nicht vorgestellt. Er sagte, man müsse groß sein, um beim Hindernisrennen »ein Pferd beisammenzuhalten«. Diese Vorstellung von ihm habe ich, glaube ich, so lange im Vorfeld meines Gedächtnisses behalten, weil das Leben selbst ganz ähnlich sein kann: eine Frage, wie man seine Selbstachtung beisammenhält, anstatt eines Pferdes, da die Selbstachtung ebenfalls Hürden nehmen und schneidig über Zäune und Hecken und Wassergräben setzen muß.

Meine liebe dreizehn Jahre alte Tochter Lily, die eine hübsche Jugendliche geworden ist, kommt mir, wie die meisten amerikanischen Jugendlichen, vor, als halte sie ihre Selbstachtung in einem wirklich beängstigenden Hindernisrennen so gut wie irgend möglich beisammen.

An der Butler University erzählte ich den Erstsemestern, nicht viel älter als Lily, sie würden *Generation X* genannt, nur zwei Klicks vom Ende entfernt, sie seien aber genauso *Generation A* wie damals Adam und Eva. So ein dummes Gewäsch!

Esprit de l'escalier! Lieber spät als nie! Erst in diesem Augenblick im Jahre 1996, während ich gerade den nächsten Satz hinschreiben will, ist mir aufgefallen, wie bedeutungslos die Vorstellung eines Garten Eden für meine jungen Zuhörer gewesen sein muß, da die Welt so dicht mit anderen insgeheim verängstigten Menschen bevölkert war und so dicht an dicht bepflanzt mit Tretminen, teils natürlichen Ursprungs und teils Menschenwerk.

Der nächste Satz: Ich hätte ihnen sagen sollen, sie seien wie

Dick Francis, als Dick Francis noch jung war, und säßen auf einem edlen Tier, verwegen und verzagt zugleich, unter dem START-Transparent eines Hindernisrennens.

Weiter: Wenn ein Roß immer wieder vor Hindernissen scheut, wird es auf die Weide geschickt. Die Selbstachtung der meisten Mittelschicht-Amerikaner in meinem Alter oder älter, sofern sie noch leben, steht jetzt auf der Weide, wo es ja gar nicht übel ist. Sie mampfen. Sie grübeln.

Wenn sich die Selbstachtung ein Bein bricht, kann das Bein nie mehr heilen. Der Besitzer muß sie erschießen. Da kommen mir meine Mutter und Ernest Hemingway und mein früherer literarischer Agent und Jerzy Kosinski und mein widerstrebender Magisterarbeitsberater an der Universität von Chicago und Eva Braun in den Sinn.

Aber nicht Kilgore Trout. Seine unverwüstliche Selbstachtung ist es, was ich am meisten an Kilgore Trout geliebt habe. Kann passieren, daß Männer Männer lieben, in Friedens- wie in Kriegszeiten. Meinen Kriegskumpel Bernard V. O'Hare habe ich auch geliebt.

Viele Menschen versagen, weil ihr Gehirn, ihr dreieinhalb Pfund schwerer blutgetränkter Schwamm, ihr Hundefrühstück, nicht gut genug funktioniert. So einfach kann der Grund für ihren Mißerfolg sein. Manche Menschen sind eben einfach zu dämlich zum Milchholen! Fertig, aus!

Ich habe einen Vetter in meinem Alter, der damals in der Shortridge High School ein unglaublich schlechter Schüler war. Er war ein unüberwindlicher Football-Linienrichter und sehr lieb. Er brachte ein scheußliches Zeugnis nach Hause. Sein Vater fragte ihn: »Was hat das denn zu *bedeuten*?« Mein Vetter beantwortete die Frage wie folgt: »Das *weißt* du nicht, Vater? Ich bin blöd, ich bin *blö-höd*.«

Ob Ihnen das nun paßt oder nicht: Carl Barus, mein Großonkel mütterlicherseits, war Mitbegründer und Präsident der

American Physical Society. Ein Gebäude der Brown University ist nach ihm benannt. Onkel Carl Barus war dort viele Jahre Professor. Ich habe ihn nie kennengelernt. Aber mein großer Bruder. Bis hin zu diesem Sommer 1996 hatten Bernie und ich ihn immer für jemanden gehalten, der heiter und gelassen zu bescheidenen, aber ordentlichen Fortschritten im menschlichen Verständnis der Naturgesetze beigetragen hatte.

Im Juni jedoch bat ich Bernie, er möge mir von einigen spezifischen Entdeckungen, und seien sie noch so klein, berichten, die unser distinguierter Großonkel gemacht hat, dessen Gene Bernie in so herausragendem Maße geerbt hat. Bernies Reaktion kam alles andere als schnippschnapp, alles andere als prompt. Bernie war verwirrt, weil ihm erst so spät klar wurde, daß Onkel Carl ihm zwar eine Physikerlaufbahn attraktiv gemacht, ihm aber nichts über seine eigenen Leistungen berichtet hatte.

»Ich werd ihn nachschlagen müssen«, sagte Bernie.

Und jetzt halten Sie Ihren Hut fest!

Hören Sie zu: Onkel Carl experimentierte um 1900 herum mit der Wirkung von Röntgenstrahlen und Radioaktivität auf Kondensation in einer Nebelkammer, einem Holzzylinder, gefüllt mit Nebel, den er selbst zusammengebraut hatte. Er folgerte und publizierte, daß Ionisierung relativ wenig Wirkung auf Kondensation ausübt.

Etwa zur selben Zeit, Freunde und Nachbarn, führte der schottische Physiker Charles Thomson Rees Wilson ähnliche Experimente durch, mit einer Nebelkammer aus *Glas*. Der schlaue Schotte bewies, daß Ionen, die durch Röntgenstrahlen und Radioaktivität entstanden sind, eine Menge mit der Kondensation anstellten. Er kritisierte Onkel Carl, weil er die Verunreinigung durch die Holzwände seiner Kammer außer acht gelassen hatte, wegen der kruden Methode der Nebelherstellung und weil er seinen Nebel nicht gegen das elektrische Feld seines Röntgenapparats abgeschirmt hatte.

Wilson machte als nächstes mit Hilfe seiner Nebelkammer die Bahnen elektrisch geladener Elementarteilchen für das bloße Auge sichtbar. 1927 bekam er dafür einen halben Physik-Nobelpreis.

Onkel Carl muß sich vorgekommen sein wie etwas, was die Katze angeschleppt hat!

56

Ein Luddit oder Maschinenstürmer bis ans Ende, wie Kilgore Trout einer war, wie Ned Ludd einer war, der möglicher-, aber nicht notwendigerweise fiktive Arbeiter, der zu Beginn des neunzehnten Jahrhunderts in, wahrscheinlich, Leicestershire, England, Maschinen zerschmettert hat, so hacke auch ich unbeirrt auf eine mechanische Schreibmaschine ein. Technologisch bin ich damit William Styron und Stephen King immer noch mehrere Generationen voraus, welche, wie Trout, mit der Hand auf gelbes liniertes Papier schreiben.

Ich korrigiere meine Seiten mit Füllfeder oder Stift. Ich bin dienstlich in Manhattan. Ich rufe eine Frau an, die nun schon seit vielen Jahren alles für mich ins reine tippt. Sie hat auch keinen Computer. Vielleicht sollte ich sie feuern. Sie ist aus der Stadt aufs Land gezogen. Ich frage sie, wie das Wetter da draußen ist. Ich frage, ob irgendwelche ungewöhnlichen Vögel an ihrem Vogelhäuschen waren. Ich frage, ob die Eichhörnchen schon den Meisenring geschafft haben, und so weiter.

Ja, die Eichhörnchen haben den Meisenring geschafft. Wenn sie müssen, werden sie zu Trapezkünstlern.

In der Vergangenheit hatte sie Ärger mit dem Rücken. Ich frage sie, was der Rücken macht. Sie sagt, dem Rücken geht es gut. Sie fragt, was meine Tochter Lily macht. Ich sage, Lily geht es gut. Sie fragt, wie alt Lily jetzt ist, und ich sage, im Dezember wird sie vierzehn.

Sie sagt: »Vierzehn! Na so was, na so was. Kommt mir vor, als wär sie gestern noch ein kleines Baby gewesen.«

Ich sage, ich habe noch ein paar Seiten für sie zum Abtippen. Sie sagt: »Gut.« Ich werde sie ihr mit der Post schicken müssen, da sie kein Fax hat. Noch einmal: Vielleicht sollte ich sie feuern.

Ich bin immer noch im zweiten Stock unseres Hauses in der City, und wir haben keinen Aufzug. Also gehe ich mit meinen Seiten die Treppe hinunter, *klumpeti, klumpeti, klumpeti*. Ich komme ins Erdgeschoß, wo meine Frau ihr Büro hat. Ihre Lieblingslektüre, als sie in Lilys Alter war, waren Geschichten über Nancy Drew, die jugendliche Meisterdetektivin.

Nancy Drew ist für Jill, was Kilgore Trout für mich ist, und deshalb sagt Jill: »Wo gehst du hin?«

Ich sage: »Ich will mir einen Umschlag kaufen.«

Sie sagt: »Du bist doch kein armer Mann. Warum kaufst du dir nicht tausend Umschläge und steckst sie in einen Schrank?« Sie glaubt, sie denkt logisch. Sie hat einen Computer. Sie hat ein Faxgerät. Sie hat einen Anrufbeantworter an ihrem Telefon, damit sie keine wichtige Nachricht verpaßt. Sie hat ein Xeroxgerät. Sie hat diesen ganzen Müll.

Ich sage: »Ich bin ja bald wieder da.«

Und in die Welt hinaus! Straßenräuber! Autogrammjäger! Fixer! Menschen mit echten Jobs! Vielleicht ein schneller Fick! UN-Funktionäre und Diplomaten!

Unser Haus steht in der Nähe der UNO, weshalb alle Arten von echt ausländisch aussehenden Menschen in illegal geparkte Autos ein- oder aus illegal geparkten Autos aussteigen, wobei sie sich nach Kräften mühen, wie wir alle, ihre Selbstachtung beisammenzuhalten. Wie ich so einen halben Block weit zum Zeitschriftenladen an der Second Avenue schlendere, wo es auch Schreibwaren gibt, kann ich mir, wenn ich es wünsche, wegen der vielen Ausländer vorkommen wie Humphrey Bogart oder Peter Lorre in *Casablanca*, dem drittgroßartigsten Film aller Zeiten.

Der großartigste Film aller Zeiten ist natürlich, wie jeder, der auch nur ein halbes Hirn übrig hat, weiß, *Mein Leben als Hund*. Der zweitgroßartigste Film aller Zeiten ist *Alles über Eva*.

Darüber hinaus besteht die Chance, daß ich Katharine

Hepburn zu sehen kriege, einen *echten* Filmstar! Sie wohnt nur einen Block von uns entfernt! Wenn ich sie anspreche und ihr sage, wie ich heiße, sagt sie immer: »Ach ja, Sie sind dieser Bekannte meines Bruders.« Ich kenne ihren Bruder gar nicht.

Heute habe ich jedoch kein Glück, aber was soll's. Ich bin Philosoph. Muß ich sein.

Und in den Zeitschriftenladen hinein. Relativ arme Leute, die ein Leben führen, das es eigentlich nicht wert ist, geführt zu werden, stehen Schlange, um Lotterielose oder anderen Kack zu kaufen. Alle bleiben cool. Sie tun, als wüßten sie nicht, daß ich eine Berühmtheit bin.

Der Laden ist ein Tante-Emma-Laden, der *Hindus* gehört, ehrlich wahr: *Hindus!* Die Frau hat einen winzig kleinen Rubin zwischen den Augen. Das ist eine Reise wert. Wer braucht dann noch einen Umschlag?

You must remember this, a kiss is still a kiss, a sigh is still a sigh.

Was die Hindus an Schreibpapier vorrätig haben, weiß ich so gut wie die Hindus. Hab schließlich nicht umsonst Anthropologie studiert. Ohne fremde Hilfe finde ich einen schönen, tiefgelben 14,5-mal-30-Zentimeter-Umschlag aus Manilahanfpapier, und gleichzeitig fällt mir ein Witz über die Chicago Cubs, die Baseball-Mannschaft, ein. Die Cubs sollten auf die Philippinen verkauft werden, wo sie dann die Manila Folders geheißen hätten. Das wäre auch ein guter Witz über die Boston Red Sox gewesen.[*]

Ich stelle mich hinten an und plaudere mitmenschlich mit denjenigen Kunden, die etwas anderes als Lotterielose kaufen. Die Lottotrottel, von Hoffnung und Zahlenmystik ver-

---

[*] Ein *folder* ist ein Aktendeckel, und *to fold* heißt pleite gehen. Die Boston Red Sox waren jahrelang in Skandale und Pleiten verwickelt (Anm. d. Übers.).

dummt, könnten auch Opfer der Post-Zeitbeben-Apathie sein. Man könnte sie mit einem achtzehnrädrigen Fernlastzug überrollen. Wäre ihnen so was von Wurscht.

57

Vom Zeitschriftenladen gehe ich einen Block in südlicher Richtung zur Postal Convenience Station, zur postalischen Annehmlichkeitsstation, wo ich heimlich in eine Schalterdame verliebt bin. Meine Seiten habe ich bereits in den Manilahanfpapierumschlag gesteckt. Ich schreibe die Adresse drauf, und dann stelle ich mich wieder am Ende einer langen Schlange an. Was ich jetzt brauche, ist Porto! Mm, lecker!

Die Frau, die ich dort liebe, weiß nicht, daß ich sie liebe. Wollen Sie was zum Thema Pockerface hören? Wenn ihr Blick dem meinen begegnet, könnte man meinen, ich wäre eine Honigmelone!

Weil sie im Sitzen arbeitet und wegen des Schalters und wegen ihres Kittels kenne ich sie nur vom Halse aufwärts. Das genügt! Vom Halse aufwärts ist sie wie ein Thanksgiving-Dinner! Damit meine ich nicht, daß sie aussieht wie eine Portion Truthahn mit Süßkartoffeln und Preiselbeersoße. Ich meine, sie gibt mir das Gefühl, als wäre serviert. Hau rein! Hau rein!

Ungeschmückt, glaube ich, wären ihr Hals und ihr Gesicht und ihre Ohren und ihr Haar immer noch ein Thanksgiving-Dinner. Jeden Tag hängt sie sich jedoch neues Gebamsel an die Ohren und um den Hals. Manchmal ist ihr Haar hochgesteckt, manchmal fällt es. Manchmal ist es kraus, manchmal ist es glatt. Was sie nicht alles mit Augen und Lippen kann! An einem Tag kaufe ich eine Briefmarke bei Graf Draculas Tochter! Am nächsten Tag ist sie die Jungfrau Maria.

Diesmal ist sie Ingrid Bergman in *Stromboli*. Aber noch ist sie weit weg. Vor mir in der Schlange stehen zu viele heruntergekommene alte Trottel, zu weit hinüber, um noch Geld zu zählen, und Immigranten, die Kauderwelsch reden und sich dabei, was mich in den Wahnsinn treibt, vorstellen, es wäre Englisch.

Einmal hat mich in diesem postalischen Annehmlichkeitszentrum ein Taschendieb beklaut. Annehmlich? Für wen?

Ich nutze die Wartezeit weidlich. Ich erfahre von dummen Chefs und von Jobs, die ich nie haben werde, und von Weltgegenden, die ich nie sehen werde, und von Krankheiten, die ich nie zu kriegen hoffe, und von den verschiedenen Hundesorten, die die Leute hatten, und so weiter. Erfahre ich all dies mit Hilfe eines Computers? Nein. Ich erfahre es mit Hilfe jener in Vergessenheit geratenen Kunstform der Konversation.

Schließlich lasse ich meinen Umschlag wiegen und stempeln – von der einzigen Frau auf der ganzen weiten Welt, die mich ernsthaft glücklich machen könnte. Bei ihr brauchte ich nicht mal so zu *tun*.

Ich gehe nach Hause. Das hat mal wieder Spaß gemacht. Hören Sie zu: Wir sind hienieden, um herumzublödeln. Lassen Sie sich bloß nichts anderes erzählen!

58

Während meiner dreiundsiebzig Jahre auf Autopilot, mit Wiederholung oder ohne, habe ich Kreatives Schreiben gelehrt, zuerst 1965 an der University of Iowa. Danach kam Harvard und dann das City College of New York. Ich lehre es jetzt nicht mehr.

Ich lehrte, wie man mit Tinte auf Papier gesellig ist. Ich sagte meinen Studenten, sie sollten, wenn sie schrieben, beim Rendezvous mit einer Unbekannten ein guter Unbekannter sein, sollten Fremden zeigen, wo man sich gut amüsiert. Als andere Möglichkeit sollten sie richtig nette Hurenhäuser betreiben, hereinspaziert, hereinspaziert, obwohl sie tatsächlich in vollkommener Einsamkeit arbeiteten. Ich sagte, ich erwartete von ihnen, daß sie dies mit nichts anderem täten als mit idiosynkratischen Anordnungen von sechsundzwanzig phonetischen Symbolen, zehn Zahlen und etwa acht Satzzeichen in waagerechten Zeilen, denn es sei nichts, was nicht bereits getan worden wäre.

1996, da Film und Fernsehen mit so schönem Erfolg die Aufmerksamkeit von Analphabeten wie Ananalphabeten auf sich ziehen, muß ich den Wert meiner seltsamen, wenn man drüber nachdenkt, Schule des Charmes in Frage stellen. Aber immer*hin*: Versuchte Verführungen mit nichts als Wörtern auf Papier sind so *billig* für tintenfingrige Möchtegern-Don Juans oder -Kleopatras! Sie brauchen keinen zugkräftigen Schauspieler und keine zugkräftige Schauspielerin vom Projekt zu überzeugen und danach auch keinen zugkräftigen Regisseur und so weiter, und danach brauchen sie keine Millionen und Abermillionen von grünen Knistermännern aus manisch-depressiven Experten für das, was die meisten Leute wollen, herauszuleiern.

Doch trotz diesem und alledem, wozu überhaupt? Hier ist *meine* Antwort: Viele Menschen brauchen ganz verzweifelt folgende Botschaft: »Ich fühle und denke ganz ähnlich wie du, mir ist vieles, was dir wichtig ist, auch wichtig, obwohl es den meisten Menschen egal ist. Du bist nicht allein.«

Steve Adams, einer meiner drei adoptierten Neffen, war bis vor ein paar Jahren ein erfolgreicher TV-Comedy-Autor in Los Angeles, Kalifornien. Sein großer Bruder Jim war früher im Peace Corps und ist jetzt Krankenpfleger in der Psychiatrie. Sein kleiner Bruder Kurt ist altgedienter Pilot bei Continental Airlines, mit Rührei an der Mütze und Goldlitze an den Ärmeln. Alles, was Steves kleiner Bruder je beruflich wollte, war fliegen. Ein Traum ging in Erfüllung!

Steve lernte auf die harte Tour, daß all seine Witze für das Fernsehen sich um Vorfälle drehen mußten, die erst vom Fernsehen zu Vorfällen gemacht worden waren, und zwar erst *vor ganz kurzer Zeit*. Wenn sich ein Witz mit etwas befaßte, was seit einem Monat oder länger nicht im Fernsehen vorgekommen war, hatten die Zuschauer keinen Schimmer, obwohl die Lachspur lachte, worüber sie denn nun schon wieder lachen sollten.

Wissen Sie was? Das Fernsehen ist ein *Radiergummi*.

Wenn sogar die allerjüngste Vergangenheit ausradiert ist, dann macht das den meisten Menschen den Weg durch dies Was-es-auch-ist vielleicht tatsächlich weniger beschwerlich. Jane, meine erste Frau, bekam ihren ersten Phi-Beta-Kappa-Schlüssel am Swarthmore College gegen die Einwände der Historischen Fakultät. Sie hatte geschrieben – und dann in mündlichen Prüfungen vertreten –, daß alles, was man aus der Geschichte lernen könne, beweise, daß Geschichte als solche absolut unsinnig sei, also studiert lieber was anderes, z. B. Musik.

Ich war ganz ihrer Meinung, und Kilgore Trout wäre das auch gewesen. Aber damals war Geschichte noch nicht ausradiert. Und als ich zu schreiben anfing, konnte ich, wenn ich Begebenheiten und Persönlichkeiten der Vergangenheit, sogar der lang zurückliegenden Vergangenheit, erwähnte, mit einiger Berechtigung erwarten, daß eine ordentliche Anzahl von Lesern mit einer gewissen Aufwallung reagierte, positiv oder negativ.

Einschlägiges Beispiel: Die Ermordung des großartigsten Präsidenten, den dieses Land je haben wird, Abraham Lincoln, durch den sechsundzwanzig Jahre alten Schmierendarsteller John Wilkes Booth.

Dieses Attentat war in *Zeitbeben Eins* ein wichtiges Ereignis. Wen gibt es noch, jünger als sechzig und nicht in einer Historischen Fakultät tätig, dem das nicht scheißegal ist?

59

Elias Pembroke, ein fiktiver Schiffsbauingenieur aus Rhode Island, der während unseres Bürgerkriegs Abraham Lincolns Vize-Marineminister war, kam in *Zeitbeben Eins* vor. Ich schrieb, er habe wesentlich zur Konstruktion der Kraftübertragung des eisenverkleideten Kriegsschiffes *Monitor* beigetragen, dabei aber Julia, seine Frau, vernachlässigt, welche sich in einen flotten jungen Schauspieler und Lebemann namens John Wilkes Booth verliebte.

Julia schrieb Booth Liebesbriefe. Für den 14. April 1863 wurde ein Stelldichein verabredet, zwei Jahre bevor Booth Lincoln von hinten mit einem Derringer erschoß. Sie fuhr mit einer Anstandsdame, der trunksüchtigen Frau eines Admirals, von Washington nach New York, angeblich um Einkäufe zu machen und um den Spannungen in der belagerten Hauptstadt zu entkommen. Sie stiegen in dem Hotel ab, in dem Booth wohnte, und sahen sich abends die Vorstellung an, in der er mitspielte, als Mark Anton in *Julius Caesar* von William Shakespeare.

Als Mark Anton sprach Booth einen Text, der in seinem Fall entsetzlich prophetisch war: »Was Menschen Übles tun, das überlebt sie.«

Julia und ihre Anstandsdame gingen danach hinter die Bühne und gratulierten nicht nur John Wilkes, sondern auch seinen Brüdern, Junius, der den Brutus, und Edwin, der den Cassius gespielt hatte. Die drei amerikanischen Brüder, mit John Wilkes als Nachzügler, bildeten, zusammen mit ihrem britischen Vater, Junius Brutus Booth, die bedeutendste Familie von Tragöden in der Geschichte der englischsprachigen Bühne.

John Wilkes küßte Julia galant die Hand, als hätten sie sich eben erst kennengelernt, und steckte ihr gleichzeitig ein

Päckchen mit Chloralhydratkristallen zu, aus denen sie K. o.-Tropfen für die Anstandsdame anrühren sollte.

Booth hatte Julia in dem Glauben gewiegt, alles, was sie von ihm empfangen würde, wenn sie ihn in seinem Hotelzimmer aufsuchte, würden ein einzelnes Glas Champagner und ein einzelner Kuß sein, der ihr nach dem Krieg in Rhode Island bis ans Ende ihres Lebens lieb und teuer sein sollte, eines Lebens, ansonsten von Stumpfsinn geprägt. *Madame Bovary!*

Julia ahnte nicht, daß Booth ihr den Champagner, genauso, wie *sie* ihrer Anstandsdame den Schlaftrunk aus kriegsmäßigem Schwarzgebranntem gewürzt hatte, mit Chloralhydrat versetzen würde.

Klingeling!

Booth machte ihr ein Kind! Sie hatte noch nie eins gekriegt. Etwas stimmte nicht mit dem Dingdong ihres Gatten. Sie war einunddreißig! Der Schauspieler war vierundzwanzig!

Unglaublich?

Ihr Gatte war entzückt. Sie ist schwanger? Dann stimmte ja doch alles mit Vize-Marineminister Elias Pembrokes Dingdong! Anker lichten!

Julia kehrte nach Pembroke, Rhode Island, eine Stadt, die nach einem Vorfahren ihres Mannes benannt war, zurück, um das Kind zu bekommen. Sie hatte eine Todesangst, das Kind könnte Ohren haben wie John Wilkes Booth, oben spitz zulaufend, wie beim Teufel, statt rund. Aber das Kind hatte normale Ohren. Es war ein Junge. Er wurde auf den Namen *Abraham Lincoln Pembroke* getauft.

Daß der einzige Nachkomme des eigensüchtigsten und zerstörerischsten Schurken in der amerikanischen Geschichte diesen Namen trug, bekam erst etwas später einen gehörigen Schuß Ironie: nämlich genau zwei Jahre nach der Nacht, als Booth in den Geburtskanal der massiv ruhiggestellten Julia ejakuliert hatte, sandte er einen Pfropfen Blei in Lincolns Hundefrühstück, in Lincolns Hirn.

Im Jahre 2001 bat ich Kilgore Trout in Xanadu um eine grobe Einschätzung von John Wilkes Booth. Er sagte, Booth' Vorstellung in Ford's Theater in Washington, D. C., am Karfreitagabend, dem 14. April 1865, als er Lincoln erschossen hatte und dann aus einer Loge auf die Bühne sprang und sich dort ein Bein brach, sei »genau das, was passiert, wenn ein Schauspieler eigene Sachen vorträgt«.

60 Julia verriet niemandem ihr Geheimnis. Wurde sie von Reue geplagt? Natürlich wurde sie von Reue geplagt, aber nicht der Liebe wegen. Als sie fünfzig wurde, im Jahre 1882, gründete sie als Denkmal ihrer einzigen Liebschaft, wie kurz und unselig sie auch gewesen war, ohne zu sagen, daß es das war, eine Laienspielgruppe, den Verein »Maske und Perücke«, Pembroke.

Und Abraham Lincoln Pembroke, der keine Ahnung hatte, wessen Sohn er in Wirklichkeit war, gründete 1889 die Firma Indian Head Mills, woraus die größte Textilfabrik von Neuengland wurde, was sie auch bis 1947 blieb, als Abraham Lincoln Pembroke III seine streikenden Arbeiter aussperrte und mit der Firma nach North Carolina umzog. Anschließend verkaufte Abraham Lincoln Pembroke IV sie an einen multinationalen Konzern, der mit ihr nach Indonesien umzog, woraufhin Abraham Lincoln Pembroke IV am Suff verstarb.

Kein einziger Schauspieler in der ganzen Sippschaft. Kein einziger Mörder. Keine Koboldohren.

Bevor Abraham Lincoln Pembroke III die Stadt Pembroke in Richtung North Carolina verließ, machte er einem unverheirateten afroamerikanischen Dienstmädchen, Rosemary Smith, ein Kind. Für ihr Schweigen zahlte er ihr ein hübsches Sümmchen. Als sein Sohn Frank Smith geboren wurde, war er längst über alle Berge.

Und nun halten Sie Ihren Hut fest!

Frank Smith hat spitze Ohren! Frank Smith muß einer der größten Darsteller in der Geschichte der Laienspielgruppen sein! Er ist halb schwarz, halb weiß und nur 1,75 Meter groß. Aber im Sommer 2001 gab er bei einer Matinee des Vereins »Maske und Perücke«, Pembroke, in einer Inszenierung des

Stückes *Abe Lincoln in Illinois* von Robert E. Sherwood phantastisch überzeugend den Titelhelden, wobei Kilgore Trout für die Geräusche zuständig war!

Die anschließende Premierenfeier war ein Picknick am Stadtrand von Xanadu. Wie in der letzten Szene von *8 $^1/_2$*, dem Film von Federico Fellini, war *tout le monde* anwesend, zwar nicht persönlich, aber doch durch Doppelgänger vertreten. Monica Pepper ähnelte meiner Schwester Allie. Der Bäckermeister, der hier am Ort dafür bezahlt wird, daß er solche Partys im Sommer arrangiert, ähnelte meinem verstorbenen Verleger Seymour Lawrence (1926-1993), der mich vor dem sicheren Vergessen gerettet hat, davor, in tausend Stücke zu zerfallen, indem er *Schlachthof 5* verlegt und danach alle meine vorigen Bücher unter seinem Dach neu aufgelegt hat.

Kilgore Trout sah aus wie mein Vater.

Der einzige Geräuscheffekt, den Trout hinter der Bühne erzeugen mußte, kam in den letzten Momenten der letzten Szene des letzten Akts des Stückes vor, »eines«, wie Trout selbst es nannte, »künstlichen Zeitbebens«. Er war mit einer antiken Dampfpfeife aus der Blütezeit der Indian Head Mills ausgerüstet. Ein Klempner, der Mitglied der Laienspielschar war und meinem Bruder sehr ähnlich sah, hatte die froh klagende Pfeife, mit einem Ventil dazwischen, auf einen Druckluftbehälter montiert. Das war Trout ebenfalls, in all seinen Werken: *froh klagend*.

Es gab natürlich viele Vereinsmitglieder, die nicht in *Abe Lincoln in Illinois* mitspielten, die aber gern mindestens auf dem großen Messingwecker gepfiffen hätten, als sie ihn gesehen und dann während einer Kostümprobe, vom Klempner persönlich bedient, auch gehört hatten. Aber am allermeisten wollte der Verein, daß Trout sich endlich zu Hause fühlte und als lebenswichtiges Mitglied einer Großfamilie.

Nicht nur der Verein und das Hauspersonal von Xanadu und die Ortsvereine der Anonymen Alkoholiker und der

Anonymen Spieler, die hier im Festsaal zusammentraten, und die mißhandelten Frauen und Kinder und Großeltern, die hier Obdach gefunden hatten, waren dankbar für dies heilsame und ermutigende Mantra, welches übles Pech in ein Koma verwandelte: *Sie waren krank, aber jetzt geht es Ihnen wieder gut, und es gibt viel zu tun.* Die ganze Welt war schließlich krank gewesen.

61 Damit Trout nicht seinen Einsatz mit der Pfeife verpaßte, wovor er schreckliche Angst hatte, weil er seiner Familie damit *alles* verdorben hätte, stand der Klempner, der aussah wie mein Bruder, hinter ihm und der Apparatur, die Hände auf Trouts alten Schultern. Er wollte diese Schultern sanft quetschen, wenn es Zeit war für Trouts Debüt im Showbiz.

Die letzte Szene im Stück spielt auf dem Bahnsteig in Springfield, Illinois. Das Datum ist der 11. Februar 1861. Abraham Lincoln, in diesem Fall gespielt von dem halb-afroamerikanischen Urgroßenkel von John Wilkes Booth, soeben in deren schwärzester Stunde zum Präsidenten der Vereinigten Staaten gewählt, steht im Begriffe, seine Heimatstadt in Richtung Washington, Gott stehe ihm bei, D. C., zu verlassen.

Er sagt, was Lincoln tatsächlich sagte: »Niemand, der nicht in meiner Lage ist, kann sich vorstellen, wie mich dieser Abschied betrübt. Diesem Ort und eurer Freundlichkeit, ihr Leute, verdanke ich alles. Ich habe hier ein Vierteljahrhundert lang gelebt und wurde vom jungen zum alten Mann. Hier wurden meine Kinder geboren, und eins liegt hier beerdigt. Ich verlasse euch und weiß nicht, wann oder ob ich je zurückkehren werde.

Man hat mich zu einer Zeit aufgefordert, das Amt des Präsidenten zu übernehmen, da elf unserer souveränen Staaten ihre Absicht kundgetan haben, sich von der Union abzuspalten, da Kriegsdrohungen von Tag zu Tag heftiger werden.

Es ist eine schwere Pflicht, der ich mich nun stelle. Als ich mich darauf vorbereitete, habe ich versucht zu erkunden: Welches große Prinzip oder Ideal ist es, das diese Union so lange zusammengehalten hat? Und ich glaube, daß es nicht allein der Umstand der Trennung der Kolonien vom Mutterland ist, sondern jene Gesinnung in der Unabhängigkeitserklärung, die dem Volk dieses Landes Freiheit und der ganzen Welt Hoffnung gab. Diese Gesinnung war die Erfüllung eines alten Traums, den Menschen zu allen Zeiten geträumt haben: daß sie eines Tages ihre Ketten abschütteln und Freiheit in der Bruderschaft des Lebens finden werden. Wir haben die Demokratie errungen, und nun stellt sich die Frage, ob sie auch überleben kann.

Vielleicht haben wir den schreckensreichen Tag des Erwachens erreicht, und der Traum ist ausgeträumt. Sollte dem so sein, dann muß er, fürchte ich, für immer ausgeträumt sein. Ich kann nicht glauben, daß Menschen je wieder die Möglichkeiten haben werden, die wir hatten. Vielleicht sollten wir das zugeben und uns eingestehen, daß unsere Ideale von Freiheit und Gleichheit dekadent sind und zum Scheitern verurteilt. Ich hörte von einem Monarchen des Ostens, welcher seinen weisen Männern befahl, ihm einen Satz zu erfinden, der zu allen Zeiten wahr und angemessen sei. Sie präsentierten ihm die Worte: ›Und auch dies wird vorübergehen.‹

Das ist in Zeiten der Bedrängnis ein tröstlicher Gedanke: ›Und auch dies wird vorübergehen.‹ Und doch, lasset uns glauben, daß er nicht stimmt! Lasset uns leben, auf daß wir beweisen, daß wir die natürliche Welt, die um uns ist, und die gütige und moralische Welt, die in uns ist, hegen und veredeln können und so einen Wohlstand des Individuums, der Gesellschaft und der Politik sichern, der in die Zukunft gerichtet ist und der, solang die Erde besteht, nicht vorübergehen soll...

Ich vertraue euch der Sorge des Allmächtigen an, so, wie ich hoffe, daß ihr euch in euren Gebeten meiner erinnert...
Lebt wohl, meine Freunde und Nachbarn.«

Ein Darsteller, der die kleine Nebenrolle des Kavanagh, eines Armee-Offiziers, spielte, sagte: »Zeit zum Abzug, Herr Präsident. Steigen Sie lieber ein.«

Lincoln steigt ein, und die Menge singt »John Brown's Body«.

Ein weiterer Darsteller, der einen Bremser spielte, schwenkte seine Laterne.

An dieser Stelle sollte Trout die Pfeife betätigen, und genau das tat er.

Als sich der Vorhang senkte, ertönte hinter der Bühne ein Schluchzer. Er stand nicht im Textbuch. Er war improvisiert. Er handelte von Schönheit. Er kam von Kilgore Trout.

62

Alles, was wir auf der Premierenparty, dem Picknick am Strand, sagten, wurde zunächst strahlend und apologetisch vorgebracht, als wäre Englisch unsere erste Fremdsprache. Wir trauerten nicht nur um Lincoln, wir betrauerten auch den Tod der amerikanischen *Beredsamkeit*.

Eine weitere Doppelgängerin war Rosemary Smith, Kostümmeisterin des Vereins »Maske und Perücke« und Mutter von dessen Superstar, Frank Smith. Sie ähnelte Ida Young, der Enkelin von Sklaven, die in Indianapolis für uns arbeitete, als ich klein war. Ida Young hat, zusammen mit meinem Onkel Alex, an meiner Erziehung genausoviel Anteil wie meine Eltern.

Niemand konnte meinen Onkel Alex auch nur entfernt doubeln. Er mochte mein Geschreibe nicht. Ich habe ihm *Die Sirenen des Titan* gewidmet, und Onkel Alex sagte: »Wahrscheinlich werden es die jungen Leute mögen.« Meiner Tante Ella Vonnegut Steward, einer Kusine ersten Grades meines Vaters, ähnelte auch niemand. Ihr und ihrem Mann, Kerfuit, gehörte in Louisville, Kentucky, eine Buchhandlung. Sie hatten meine Bücher nicht am Lager, weil sie meine Sprache obszön fanden. So war das damals, als ich anfing.

Weitere Seelen, die von uns gegangen sind und die ich nicht ins Leben zurückrufen würde, wenn ich die Macht dazu hätte, die aber durch Doppelgänger repräsentiert wurden: neun meiner Lehrer in der Shortridge High School und Phoebe Hurty, die mich in der High School anheuerte, weil ich Werbetexte über Teenagerklamotten für das Kaufhaus Blocks schreiben sollte, und meine erste Frau Jane und meine Mutter und mein Onkel John Rauch, der Mann einer weiteren Kusine ersten Grades meines Vaters. Onkel John fertigte für mich eine Geschichte meiner Familie an, die ich in *Palmsonntag* abgedruckt habe.

Janes nichtsahnende Zweitbesetzung, eine kesse junge Frau, die drüben in Kingston Biochemie an der Rhode Island University lehrt, sagte, in Hörweite und über nichts weiter als die gerade genossene Theateraufführung und die untergehende Sonne: »Ich kann es gar nicht *ab*warten, was als nächstes passiert.«

Nur die Toten hatten auf jener Party damals im Jahre 2001 Doppelgänger. Arthur Garvey Ulm, Dichter und Sekretär mit Wohnrecht in Xanadu, ein Angestellter der Amerikanischen Akademie der Künste, war klein und hatte eine große Nase, wie mein Kriegskumpel Bernard V. O'Hare.

Meine Frau Jill weilte unter den Lebenden, Gott sei Dank, und war im Fleische anwesend, und Knox Burger ebenfalls, ein Studienkollege aus Cornell. Nach dem zweiten mißlungenen Selbstmordversuch der westlichen Zivilisation wurde Knox Belletristik-Redakteur bei *Collier's*, wo jede Woche fünf Kurzgeschichten erschienen. Knox besorgte mir einen guten literarischen Agenten, Colonel Kenneth Littauer, den ersten Piloten, der im Ersten Weltkrieg einen Schützengraben unter Beschuß genommen hatte.

Trout äußerte übrigens in *Meine zehn Jahre auf Autopilot* die Meinung, wir sollten lieber mal damit anfangen, Zeitbeben zu numerieren, so, wie wir Weltkriege und Football-Super-Bowls numeriert haben.

Colonel Littauer verkaufte etwa ein Dutzend meiner Geschichten, davon mehrere an Knox, so daß ich bei General Electric kündigen und mit Jane und unseren – damals – zwei Kindern als freischaffender Schriftsteller nach Cape Cod ziehen konnte. Als die Zeitschriften wegen des Fernsehens eingingen, wurde Knox Lektor für Originalausgaben im Taschenbuchformat. Als solche verlegte er drei meiner Bücher:

Die Sirenen des Titan, Canary in a Cathouse und *Mutter Nacht*.

Knox hat mich in Marsch gesetzt, und dann hielt er mich in Gang, bis er mir nicht mehr helfen konnte. Und dann erschien Seymour Lawrence zu meiner Rettung.

Ebenfalls im Fleische waren auf dem Picknick fünf Männer erschienen, alle halb so alt wie ich, durch deren Interesse an meinem Werk ich Lust bekommen habe, im Spätherbst meines Lebens noch ein bißchen weiterzumachen. Sie waren nicht da, um mich zu sehen. Sie wollten endlich mal Kilgore Trout kennenlernen. Es waren die Herren Robert Weide, der jetzt, im Sommer 1996, in Montreal *Mutter Nacht* verfilmt, und Marc Leeds, der eine gewitzte Enzyklopädie über mein Leben und Werk geschrieben und bei einem Verlag untergebracht hat, und Asa Pieratt und Jerome Klinkowitz, die meine Bibliografie auf dem neuesten Stand gehalten und außerdem noch Essays über mich geschrieben haben, und Joe Petro III, numeriert wie ein Weltkrieg, der mir das Seidensiebdrucken beigebracht hat.

Mein Geschäftspartner und Vertrauter Don Farber, Anwalt und Agent, war mit seiner lieben Frau Anne da. Mein liebster gesellschaftlicher Umgang Sidney Offit war da. Der Kritiker John Leonard war da, und die Mitglieder der Akademie Peter Reed und Loree Rackstraw waren da, und der Fotograf Cliff McCarthy war da, und andere freundliche Fremde waren da, zu zahlreich, um erwähnt zu werden.

Meine Kinder und Enkelkinder waren nicht da. Das ging in Ordnung, dafür hatte ich vollstes Verständnis. Ich hatte nicht Geburtstag, und ich war auch nicht der Ehrengast. Die Helden des Abends waren Frank Smith und Kilgore Trout. Meine Kinder und die Kinder meiner Kinder hatten andere Eisen im Feuer. Vielleicht sollte ich sagen: Meine Kinder und die Kinder meiner Kinder hatten andere Hummer und Muscheln und Austern und Kartoffeln und Maiskolben zum Dünsten mit Seetang auf dem Feuer.

Egal!

Macht es richtig! Denkt an Onkel Carl Barus, und macht es richtig!

63 Dies ist kein Schauerroman. Mein verstorbener Freund Borden Deal, ein erstklassiger Südstaaten-Romancier, so südstaatlich, daß er seine Verleger bat, keine Rezensionsexemplare nördlich der Mason-Dixon-Linie zu versenden, schrieb unter einem weiblichen *nom de plume* auch Schauerromane. Ich bat ihn um eine Definition des Schauerromans. Er sagte: »Eine junge Frau betritt ein altes Haus und gruselt sich den Schlüpfer vom Leibe.«

Als er mir das erzählte, waren Borden und ich in Wien, Österreich, um an einem Kongreß des PEN-Klubs teilzunehmen, der internationalen Schriftsteller-Organisation, die nach dem Ersten Weltkrieg gegründet worden war. Dann sprachen wir über den deutschsprachigen Romancier Leopold Ritter von Sacher-Masoch, der gegen Ende des letzten Jahrhunderts Erniedrigung und Schmerz in Buchform als so lustvoll empfand. Seinetwegen gibt es in den modernen Sprachen das Wort *Masochismus*.

Borden schrieb nicht nur ernste und Schauerromane. Er schrieb auch Country Music. Er hatte seine Gitarre im Hotelzimmer und arbeitete, sagte er, an einem Lied namens »I Never Waltzed in Vienna«. Ich vermisse ihn. Ich will einen Doppelgänger für Borden bei dem Picknick und zwei glücklose Angler in einem kleinen Ruderboot direkt vor der Küste, die den Heiligen Stanley Laurel und Oliver Hardy aufs Haar gleichen.

So sei es.

Borden und ich sannen über Romanciers wie Masoch und den Marquis de Sade nach, welche die Welt absichtlich oder zufällig zu neuen Wörtern inspiriert hatten. *Sadismus* ist natürlich die Freude, die man empfindet, während man anderen

Schmerz zufügt. *Sadomasochismus* bedeutet, daß einem einer abgeht, während man andere verletzt, von anderen verletzt wird oder sich selbst verletzt.

Borden sagte, heutzutage ohne diese Wörter auszukommen sei, als versuche man, über das Leben zu reden, und habe kein Wort für Bier oder Wasser.

Der einzige zeitgenössische amerikanische Schriftsteller, der uns einfiel, dem wir ein neues Wort verdanken, und zwar bestimmt nicht, weil er ein berühmter Perverser wäre, was er nicht ist, war Joseph Heller. Der Titel seines ersten Romans, *Catch-22*, wird in meinem *Webster's Collegiate Dictionary* so definiert: »Eine problematische Situation, deren einzige Lösung durch einen dem Problem inhärenten Umstand verunmöglicht wird.«
Lesen Sie das Buch!

Ich erzählte Borden, was Heller in einem Interview auf die Frage, ob er Angst vorm Tod habe, gesagt hat. Heller sagte, der Zahnarzt habe bei ihm noch nie eine Wurzelkanalbehandlung durchgeführt. Er kenne aber viele Leute, die eine hinter sich hätten. Nach dem, was sie ihm darüber erzählt hätten, sagte er, könnte er sich vorstellen, daß er auch eine ertragen könnte, wenn er müßte.
So denke er auch über den Tod, sagte er.

Das erinnert mich an eine Szene aus einem Stück von George Bernard Shaw, seinem künstlichen Zeitbeben *Zurück zu Methusalem*. Das ganze Stück dauert zehn Stunden! Zum letztenmal wurde es in seiner Gänze 1922 aufgeführt, im Jahr meiner Geburt.

Die Szene: Adam und Eva, die nun auch schon ein paar Jährchen auf dem Buckel haben, warten beim Tor ihrer blühenden und friedlichen und wunderschönen Farm auf den jährlichen Besuch ihres Großgrundbesitzers, d. h. Gottes. Bei allen bisherigen Besuchen, und inzwischen hat es Hunderte gegeben, konnten sie Ihm immer nur sagen, wie schön alles ist und wie dankbar sie sind.

Diesmal jedoch sind Adam und Eva völlig aufgedreht – ängstlich, aber stolz. Sie haben etwas *Neues*, worüber sie mit Gott reden wollen. Dann kommt Gott, leutselig, dick, gesund und munter, wie mein Großvater, der Brauer Albert Lieber. Er fragt, ob alles zufriedenstellend ist, und glaubt, Er kennt die Antwort, da alles, was Er geschaffen hat, so vollkommen ist, wie Ihm überhaupt nur möglich.

Adam und Eva, noch verliebter als je zuvor, sagen Ihm, das Leben mache schon Spaß, aber noch mehr Spaß würde es ihnen machen, wenn sie wüßten, daß es irgendwann auch wieder *aufhört*.

Chicago ist eine bessere Stadt als New York, weil Chicago Gassen hat. Der Abfall türmt sich nicht auf dem Bürgersteig. Die Lieferfahrzeuge blockieren nicht die Hauptverkehrsadern.

Der verstorbene amerikanische Romancier Nelson Algren sagte zu dem verstorbenen chilenischen Romancier José Donoso, als wir drei 1966 in der Schreibwerkstatt der University of Iowa unterrichteten: »Es muß schön sein, aus einem Land zu kommen, das so lang und eng ist.«

Sie glauben, die alten Römer waren schlau? Sehen Sie sich an, wie blöd ihre Zahlen waren. Eine Theorie, warum sie untergingen und verfielen, ist, daß ihre Installationsleitungen aus Blei waren. Die Wurzel unseres Wortes »Plombe« ist *plumbum*, das lateinische Wort für »Blei«. Bleivergiftung macht die Menschen dumm und faul.

Was haben *Sie* für eine Entschuldigung?

Vor einiger Zeit bekam ich einen vertrottelten Brief von einer Frau. Sie wußte, daß ich ebenfalls vertrottelt bin, also, mit anderen Worten, ein Nordstaaten-Demokrat. Sie war schwanger, und sie wollte wissen, ob es ein Fehler sei, ein unschuldiges kleines Baby auf so eine schlechte Welt zu bringen.

Ich erwiderte, was für mich das Leben beinahe lebenswert gemacht hätte, seien die Heiligen gewesen, die ich kennengelernt hätte, Menschen, die sich selbstlos und kompetent verhielten. Sie tauchten überall auf, wo man es nicht erwartete. Vielleicht sind Sie, lieber Leser, ein solcher Heiliger oder können vielleicht einer werden, damit das Kindlein Sie dann kennenlernen kann.

Ich glaube an die Erbsünde. An die Erbtugend glaube ich auch. Sehen Sie sich doch um!

Xanthippe hielt ihren Mann Sokrates für dämlich. Tante Raye hielt Onkel Alex für dämlich. Mutter hielt Vater für dämlich. Meine Frau hält mich für dämlich.

Bin wieder betört, bin wieder verstört, ich wimmer, es wird nur noch schlimmer, damit man mich hört. Verhext, verärgert und verwirrt bin ich.

Und Kilgore Trout sagte bei dem Picknick, während Laurel und Hardy nur fünfzig Meter von der Küste entfernt im Ruderboot saßen, daß junge Menschen Filme mögen, in denen viel geschossen wird, weil in ihnen gezeigt wird, daß Sterben überhaupt nicht weh tut, und Menschen mit Schußwaffen seien nichts anderes als »freischaffende Anästhesisten«.

Er war so glücklich! Er war so beliebt! Er war unheimlich aufgedonnert, mit Frack und weißem Hemd und purpurnem Kummerbund und Fliege, was alles vorher Zoltan Pepper gehört hatte. Ich hatte in seiner Suite hinter ihm gestanden, um ihm die Fliege zu binden, genau wie das mein großer Bruder für mich getan hatte, als ich noch keine Fliege binden konnte.

Dort am Stadtrand rief alles, was Trout sagte, Gelächter und Applaus hervor. Er konnte es gar nicht glauben! Er sagte, die Pyramiden und Stonehenge seien in einer Zeit erbaut worden, als die Schwerkraft sehr gering war, als man mit Felsbrocken schmeißen konnte wie mit Sofakissen, und die

Leute waren hingerissen. Sie flehten um mehr. Er schenkte ihnen den Spruch aus »Küß mich noch einmal«: »Keine schöne Frau kann die Erwartungen, die wegen ihres Aussehens in sie gesetzt wurden, über einen annehmbaren Zeitraum hinweg rechtfertigen. Klingeling?« Die Leute sagten ihm, er sei so geistreich und witzig wie Oscar Wilde!

Verstehen Sie, das größte Publikum, das dieser Mann vor dem Picknick je gehabt hatte, war eine Artillerie-Einheit gewesen, als er während des Zweiten Weltkriegs in Europa Meldegänger gewesen war.

»Klingeling! Wenn das jetzt nicht schön ist, was denn dann?« rief er uns allen zu.

Von hinten aus der Menge rief ich zu ihm zurück: »Sie waren krank, Mr. Trout, aber jetzt geht es Ihnen wieder gut, und es gibt viel zu tun.«

Meine Agentin für Lesungen, Janet Cosby, war auch da.

Um zehn verkündete der alte, längst vergriffene Sciencefiction-Autor, er wolle jetzt ins Bett. Es gebe nur noch eins, was er uns, seiner *Familie*, sagen wolle. Wie ein Zauberer, der einen Freiwilligen aus dem Publikum sucht, bat er, jemand solle sich neben ihn stellen und tun, was er ihm sage. Ich hielt die Hand hoch. »Ich, bitte, ich«, sagte ich.

Die Menge verstummte, als ich meinen Platz zu seiner Rechten einnahm.

»Das Universum hat sich so enorm ausgedehnt«, sagte er, »mit Ausnahme von dem geringfügigen Glitsch, durch den es uns gejagt hat, daß das Licht nicht mehr schnell genug ist, irgendwelche Trips zu unternehmen, selbst wenn es unvernünftig viel Zeit dafür zur Verfügung hätte. Einst das Schnellstmögliche, heißt es, gehört das Licht jetzt auf den Friedhof der Geschichte, wie der Pony Express.

Ich bitte jetzt dieses Menschenwesen, welches genug Schneid besitzt, direkt neben mir zu stehen, sich zwei funkelnde Punkte überflüssigen Lichts am Himmel über uns auszusuchen. Es ist nicht wichtig, was für Punkte es sind, sie müssen nur funkeln. Wenn sie nicht funkeln, sind es entweder Planeten oder Satelliten. Heute nacht interessieren wir uns weder für Planeten noch für Satelliten.«

Ich suchte zwei Lichtpunkte heraus, die vielleicht anderthalb Meter weit auseinanderlagen. Der eine war der Polarstern. Ich habe keine Ahnung, welcher der andere war. Meinetwegen war es Kotz, Trouts Stern von der Größe 2 b.

»Funkeln sie?« sagte er.

»Sie funkeln«, sagte ich.

»Versprochen?« sagte er.

»Ehrenwort«, sagte ich.

»Hervorragend! Klingeling!« sagte er. »Nun denn: Welche Himmelskörper diese beiden Glitzerteile auch repräsentieren mögen, sicher ist, daß das Universum einen solchen Verdünnungsgrad erreicht hat, daß das Licht, um vom einen zum andern zu gelangen, Tausende oder Millionen von Jahren benötigen würde. Klingeling? Doch nun bitte ich Sie, erst ganz genau den einen und dann ganz genau den andern anzusehen.«

»Okay«, sagte ich, »fertig.«

»Hat eine Sekunde gedauert, ja?« sagte er.

»Länger nicht«, sagte ich.

»Selbst wenn es eine Stunde gebraucht hätte«, sagte er, »hätte sich zwischen den beiden Punkten, wo diese beiden Himmelskörper einst waren, etwas von da nach dort bewegt, und zwar, vorsichtig geschätzt, eine Million mal so schnell wie die Lichtgeschwindigkeit.«

»Was war es?« sagte ich.

»Dein Bewußtsein«, sagte er. »Das ist eine neue Qualität im Universum, die nur existiert, weil es Menschen gibt. Von jetzt an müssen Physiker, wenn sie die Geheimnisse des Kosmos bedenken, nicht nur Energie und Materie und Zeit in ihre Rechnungen einbeziehen, sondern etwas ganz Neues und Schönes, welches man *menschliches Bewußtsein* nennt.«

Trout machte eine Pause und stellte mit dem Ballen seines linken Daumens sicher, daß seine obere Gebißplatte nicht rutschte, während er an jenem verzauberten Abend seine letzten Worte an uns richtete.

Die Zähne saßen prima. Dies war sein Finale: »Ich habe über ein besseres Wort als *Bewußtsein* nachgedacht«, sagte er. »Nennen wir es *Seele*.« Wieder machte er eine Pause.

»Klingeling?« sagte er.

EPILOG

Mein großer und einziger Bruder Bernard, seit fünfundzwanzig Jahren Witwer, ist nach längeren Kämpfen mit verschiedenen Karzinomen ohne gräßliche Schmerzen am Morgen des 25. April 1997 im Alter von zweiundachtzig Jahren, vor inzwischen vier Tagen, gestorben. Er war emeritierter Leiter der Forschungsabteilung am Institut für Atmosphärische Studien der Staatsuniversität von New York in Albany und hinterließ fünf prächtige Söhne.

Ich war vierundsiebzig. Unsere Schwester Alice wäre neunundsiebzig gewesen. Zur Zeit ihres demütigenden Todes im Alter von einundvierzig Jahren sagte ich: »Was für eine wunderbare alte Dame Allie gewesen wäre.« Leider Pech gehabt.

Mit Bernard hatten wir mehr Glück. Er starb als der geliebte, liebe, komische, hochintelligente alte Zausel, der zu werden er verdient hatte. Ganz zum Schluß entzückte ihn eine Sammlung mit Aussprüchen von Albert Einstein. Beispiel: »Das Schönste, was wir erleben können, ist das Geheimnisvolle. Es ist die Quelle aller wahren Kunst und Wissenschaft.« Noch eins: »Physikalische Konzepte sind freie Schöpfungen des menschlichen Geistes und nicht, wie immer es uns auch scheinen mag, einzig von der Außenwelt vorgezeichnet.«

Am berühmtesten ist der Einstein zugeschriebene Ausspruch: »Ich werde nie glauben, daß Gott mit der Welt Würfel spielt.« Bernard selbst war so aufgeschlossen, was den Umgang mit dem Universum betraf, daß er fand, in drastischen Situationen könnte auch Beten helfen. Als sein Sohn Terry Kehlkopfkrebs hatte, betete Bernie, als Physiker allzeit Experimenten gegenüber aufgeschlossen, um seine Genesung. Terry überlebte tatsächlich.

So war es auch mit dem Silberjodid. Bernie fragte sich, ob

Kristalle dieser Substanz, die Kristallen gefrorenen Wassers so sehr ähnelten, superabgekühlten Tröpfchen in Wolken nicht beibringen könnten, wie man sich in Eis, in Schnee verwandelt. Er versuchte es. Es klappte.

Er verbrachte das letzte Jahrzehnt seines Berufslebens mit dem Versuch, ein sehr altes und weithin respektiertes Paradigma darüber, woher die elektrischen Ladungen in Gewittern kamen und wohin sie gingen und was sie anstellten und warum, in Mißkredit zu bringen. Man teilte seine Meinung nicht. Im letzten seiner über hundertfünfzig Artikel beschrieb er, zur postumen Veröffentlichung bestimmt, Experimente, die unwiderlegbar demonstrieren können, ob er recht hatte oder unrecht.

In beiden Fällen konnte er nicht verlieren. Wie die Experimente auch ausfielen, er hätte die Ergebnisse überaus unterhaltsam gefunden. In beiden Fällen hätte er sich einen Ast gelacht.

Im Gespräch war er witziger als ich. Während der Wirtschaftskrise lernte ich, während ich hinter ihm herzockelte, mehr über Witze als von den Komikern im Kino und im Radio. Ich fühlte mich geehrt, weil er mich ebenfalls komisch fand. Es stellte sich heraus, daß er ein kleines Album mit Zeug von mir zusammengestellt hatte, das ihn amüsiert hatte. Ein Fundstück war ein Brief, den ich unserem Onkel Alex geschrieben hatte, als ich fünfundzwanzig war. Zu der Zeit hatte ich nichts veröffentlicht, hatte eine Frau und einen Sohn und war gerade aus Chicago gekommen, um als Pressefritze für General Electric in Schenectady, New York, zu arbeiten.

Ich hatte diesen Job bekommen, weil Bernie im GE-Forschungslaboratorium eine Berühmtheit geworden war, zusammen mit Irving Langmuir und Vincent Schaefer, mit denen er Wolken-»Aussaat«-Experimente durchgeführt hatte, und weil die Firma beschlossen hatte, daß normale Zeitungsleute ihre Öffentlichkeitsarbeit machen sollten. Auf Bernies Vorschlag spannte GE mich dem Chicago City News Bureau aus, wo ich Lokalreporter gewesen war. Gleichzeitig hatte ich an der University of Chicago Anthropologie studiert, um meinen Magister zu machen.

Ich dachte, Onkel Alex wüßte, daß Bernie und ich inzwischen bei GE waren und daß ich dort in der Öffentlichkeitsarbeit gelandet war. Er wußte es *nicht*!

Und Onkel Alex hatte ein Agenturfoto von Bernie gesehen, mit dem Copyright-Vermerk der *Schenectady Gazette*. Er schrieb der Zeitung, er sei »ein kleines bißchen stolz« auf seinen Neffen und hätte gern einen Abzug von dem Foto. Er legte einen Dollar bei. Die *Gazette* hatte das Foto von GE und schickte die Bitte an meinen neuen Arbeitgeber. Mein neuer Boß gab sie folgerichtig an mich weiter.

Ich antwortete auf blauem GE-Briefpapier wie folgt:

GENERAL ELECTRIC
COMPANY
GENERAL OFFICE SCHENECTADY, N. Y.

1 River Road
Schenectady 5, N. Y.

Mr. Alex Vonnegut   28. November 1947
701 Guaranty Building
Indianapolis 4, Indiana

Sehr geehrter Mr. Vonnegut:

Mr. Edward Themak, Chefredakteur Lokales bei der SCHENECTADY GAZETTE, hat Ihren Brief vom 26. November an mich weitergeleitet.

Die Fotografie des General-Electric-Angestellten Dr. Bernard Vonnegut stammt aus unserem Büro. Wir haben jedoch keine weiteren Abzüge in unseren Akten, und das Negativ befindet sich in Händen des United States Signal Corps. Darüber hinaus haben wir weiß Gott Besseres zu tun, als uns mit Pißkram wie Ihren kleinen Pfennigpoker-Wünschen zu befassen.

Wir haben allerdings Fotos vom Steinmetz-Flügel des armen Mannes, und vielleicht schicke ich Ihnen welche, sobald es meine kostbare Zeit erlaubt. Aber hetzen Sie mich nicht. »Ein kleines

bißchen stolz«, daß ich nicht lache! Ha! Vonnegut! Ha! *Dies Büro hat Ihren Neffen gemacht, und genauso können wir ihn in Minutenschnelle auch wieder zerbrechen – wie eine Eierschale.* Also stellen Sie sich nicht an, wenn Sie die Bilder in ein bis zwei Wochen immer noch nicht haben.
Außerdem: Ein Dollar ist für General Electric wie der sprichwörtliche Furz im Sturm. Hier haben Sie ihn zurück. Verjuxen Sie ihn nicht gleich komplett in der ersten Kneipe.

Mit vorzüglicher Hochachtung,

Guy Fawkes: bc	Presseabteilung GENERAL NEWS BUREAU

Wie Sie sehen, hatte ich mit »Guy Fawkes« unterschrieben, einem berüchtigten Namen der britischen Geschichte.

Onkel Alex war so beleidigt, daß er vollkommen durchschmorte. Er ging mit dem Brief zu einem Anwalt, um herauszufinden, welche rechtlichen Schritte er unternehmen mußte, um von einem möglichst hohen Tier in der Firma eine möglichst kriecherische Entschuldigung zu kriegen, was wiederum den Verfasser des Briefes den Job kosten sollte. Dem Präsidenten von GE wollte er schreiben, er habe da einen Angestellten, der den Wert eines Dollars nicht kenne.

Bevor er jedoch diese Schritte unternehmen konnte, hatte ihm jemand gesteckt, wer der historische Guy Fawkes war und daß der Brief so zum Schreien grotesk war, daß er nur ein Witz von mir sein konnte. Er wollte mich umbringen, weil ich ihn so auf den Arm genommen hatte. Ich glaube nicht, daß er mir je verziehen hat, obwohl ich ihm doch nur hatte schmeicheln wollen.

Hätte er meinen Brief an General Electric geschickt und seelische Genugtuung gefordert, wäre ich gefeuert worden. Ich weiß nicht, was dann aus mir und meiner Frau und meinem Sohn geworden wäre. Und ich wäre auch nie auf das

Material für meine Romane *Player Piano* und *Katzenwiege* und mehrere Kurzgeschichten gekommen.

Onkel Alex gab Bernie den Guy-Fawkes-Brief. Bernie gab ihn, auf seinem Totenbett, mir. Sonst wäre er für alle Zeiten verloren gewesen. Aber jetzt gibt es ihn.

Zeitbeben! Ich bin wieder im Jahre 1947, bin gerade von der Arbeit bei General Electric zurückgekommen, und eine Wiederholung beginnt. Wir müssen jetzt genau das tun, was wir beim erstenmal getan haben, im Guten wie im Bösen.

Mildernder Umstand, den man vorm Jüngsten Gericht anführen kann: Wir hatten sowieso nie darum gebeten, geboren zu werden.

Ich war das Nesthäkchen der Familie. Jetzt habe ich niemanden mehr, vor dem ich angeben kann.

Eine Frau, welche Bernie nur die letzten zehn Tage seines Lebens gekannt hat, im Hospiz vom St. Peter's Hospital in Albany, beschrieb seine Manieren, während er starb, als »höfisch« und »elegant«. Was für ein Bruder!

Was für eine Sprache.